FSC
www.fsc.org
MIX
Papper från
ansvarsfulla källor
Paper from
responsible sources
FSC® C105338

SIGVARD T OLSSON

STADSHUSET

SIGVARD T OLSSON
STADSHUSET

Layout, inlaga och omslag
Sigvard T Olsson

Illustrationer
Hanna Melin

© 2022 Olsson, Sigvard T
Förlag: BoD – Books on Demand, Stockholm, Sverige
Tryck: BoD – Books on Demand, Norderstedt, Tyskland
ISBN: 9789180278676

innehåll.

förord.

Vi vet att verkligheten ibland kan överträffa dikten. Ibland händer det saker som man inte ens tror att den mest fantasifulla av sagoberättare skulle kunna hitta på.

Ibland träffar man människor som är så smarta att man böjer sitt huvud i beundran och glädje och vet inte hur man ska uttrycka sin tacksamhet för att få vara i närheten. Och ibland träffar man människor som gör saker som är så korkade att man förvånas över att de får lön för arbetet de påstås utföra.

Tja... välkommen till stadshuset.

Jag har själv under ett antal år arbetat på stadshuset i Landskrona. De flesta som är anställda där har varit där mycket längre än jag var, men många är nog överens med mig om att det finns en enorm källa att ösa ur om man är ute efter underlag till att skriva en bok.

Liksom på många andra stora arbetsplatser har det på stadshuset så klart samlats alla möjliga sorters människor. Från snälla till elaka, från smarta till korkade och från arbetsamma till slöa. Precis som i resten av samhället finns det alla sorter på alla nivåer och inget beror på vad de är anställda som.

En sak har de flesta gemensamt: de har djävligt dåligt betalt. Detta bidrar förstås till mindre effektivitet och arbetsglädje, men det är också möjligt att det bidrar till någon form av sammanhållning. Man kan faktiskt undra hur det hade gått om man haft en fackförening som var intresserad av sina medlemmar istället för sig själva? Snacka om att de kunde haft bra betalt...

Nå, nu är det som det är och de flesta utför så klart ett bra jobb, även om en del gör det i ett helt annat tempo än resten av samhället.

Historierna i den här boken är inspirerade av verkligheten och en del ligger närmare sanningen än du kanske tror. Vilka de är får du själv fundera på...

Landskrona, hösten 2022

Sigvard T Olsson*

*Jag upptäckte att det fanns en annan Tommy Olsson som skrev vetenskapliga böcker. Hans alster presenterades på en boksite direkt efter en av mina som "Andra böcker av samma författare".
Och man vill ju inte förväxlas med vetenskapliga snillen. Sen låter det rätt coolt också... Sigvard T Olsson.*

KULTUR
HUSET

Kulturhus
(latin: culturae centrum)
Byggnad som inrymmer flera kulturella verksamheter, t ex
bibliotek, teater och museum. Det finns ingen åtskillnad
mellan kulturhus, medborgarhus, folkets hus, allaktivi-
tetshus med flera. Det är oftast huvudmannens
verksamhet, som styr namnvalet.

ett.

Det var en strålande sommarmorgon och i det gamla fiskeläget myllrade badgästerna ut på piren för att hinna få en bra plats där man kunde bättra på sin solbränna.

Havet låg kav lugnt och även om klockan inte var mer än strax efter halv nio på förmiddagen, var det redan många som hoppat i vattnet.

Två äldre gubbar satt på en bänk, lojt tillbakalutade mot den redan solvarma väggen på en gammal fiskebod och bläddrade i varsin del av lokaltidningen. För människor som bodde i fiskeläget, eller var frekventa besökare i hamnen, var de äldre gentlemännen en bekant syn.

Utsikten från bänken var bedårande och hamnen, liksom havet, var rogivande. Bara en bit ut kunde de se det mesta av ön Ven och om de lutade sig lite till höger såg de en bit av sandstranden.

Emanuel var 72 år, gift och hade två barn och tre barnbarn. På grund av sina stora all-

"Kulturchefen säger att det blir det största kulturhus som någonsin byggts"

två.

Emanuel gav plötsligt upp ett jättegarv. "Kolla här", sa han skrattande till Konrad, "nu har man fått storhetsvansinne på Stadshuset igen."

Konrad lät blicken svepa över lokalsidan och förstod genast vad Emanuel menade. Sidans största rubrik pockade på uppmärksamhet:

HÄR PLANERAS EUROPAS STÖRSTA KULTURHUS

"Kulturchefen säger att det blir det största kulturhus som någonsin byggts"

"Fantastiskt! "sa Emanuel och rösten dröp av sarkasm. "Äntligen kommer stan på kartan... igen. Ett kulturhus är precis vad vi behöver."

Båda mindes den infekterade debatten i slutet av 1990-talet. Då handlade det om ett nytt bibliotek i stan och frågan blev en stor politisk strid.

"När man hör debatten skulle man kunna

tro att Stadshuset är fullt av läskunniga", hade Konrad sammanfattat galenskaperna.

"Det är presskonferens i morgon på Folkets Hus", sa Emanuel. "Jag tänker gå dit."

"Du tror dom släpper in dig?"

"Ja, jag ska i alla fall försöka. Dom säger att kulturchefen kan få igenom vilken som helst av sina knasiga idéer. Det kunde vara intressant att se hur han gör..."

tre.

et blåste en sval vind över torget och
rufsade om kulturchefens tunna ka-
lufs. Med ena handen i fickan och den
andra i ett hårt grepp om den gamla slitna
portföljen, var han på väg från kontoret till
Folkets Hus för dagens presskonferens.

Han gick med försiktiga steg och hög knä-
föring som om han var rädd att trampa i något
olämpligt. Blicken var fäst på trottoaren och
det var sällan någon såg honom titta upp, lika
ovanligt som det var att han lyfte blicken och
hälsade på folk han mötte.

Emanuel steg av bussen precis när kultur-
chefen kom gående förbi.

"Godmorgon" sa Emanuel glatt när han pas-
serade. Det ryckte till i kulturchefens ögon-
lock, men Emanuel blev inte förvånad över att
han inte vände på huvudet.

I vanliga fall höll kulturförvaltningen sina
presskonferenser i stadshuset, men just idag,
när det handlade om ett nytt kulturhus, hade
kulturchefen beslutat att hålla den i Folkets
Hus.

Idén om ett nytt kulturhus påstod han att han själv kommit på, medan verkligheten var att man pratat om det redan på den tiden när han var anställd på den numera nedlagda lastbilsfabriken.

Kulturchefen gjorde ingen hemlighet av att det var i Folkets Hus han trivdes bäst. Känslan av att arbetarnas svett och vedermödor satt i väggarna överväldigade honom. Förvisso visste han inte själv hur det kändes att svettas, för sanningen att säga hade han på lastbilsfabriken snabbt sett till att han blivit fackligt ombud. Och som fackligt ombud kunde han i alla fall vara säker på att han aldrig behöva svettas.

Ledamöterna i kulturnämnden var inte speciellt intresserade av kultur, det visste de flesta av stans invånare sedan tidigare. Många av ledamöterna påstod visserligen att man "värnade" om kulturen, eftersom alla pratade om den, men det var mest för att det alltid var någon korkad röstberättigad som gick på det.

Därför var politikerna glada för att det fanns starka tjänstemän på kulturförvaltningen, sådana som förstod sig på kultur. Eller som påstod det i alla fall. Några hade sagt det under så många år att vissa av dom var övertygade om att det var sant.

"Herrejösses" sa politikerna ibland. "Dom kan så många moderna ord, dom där kulturtjänstemännen, så man blir rent yr!"

"Jag vet" sa en annan politiker. "Jag har sett en artikel där en tjänsteman skrev orden *jämställdhet, social, etnisk, kulturell, språklig, religiös, jämlikhet, diskriminering, främlingsfientlig, mångfald* och *rasism*. I en enda mening! Och det är en sak, men han lyckades till och med att få meningen totalt meningslös! Det är min själ beundransvärt!"

Kulturnämnden hade med åren blivit en ingång och nybörjarplats för nya politiker vilket berodde på att där kunde de inte ställa till så mycket skada. Om det fanns biograf, museum eller teater i stan hade egentligen ingen större betydelse för dem, eftersom de ändå aldrig besökte dessa märkliga institutioner. Kulturchefen fick därför styra och ställa bäst han ville. Och det gjorde han så gärna.

Ett år tidigare hade kulturchefen fått en idé som han nu längtade efter att få sätta i verket. Han var inte så lite uppspelt när nämnden samlades till sitt ordinarie sammanträde.

"Jag har en idé!" hade han sagt när han äntligen fick ordet. Han hade en speciell och släpig uppländsk dialekt, som ingen egentligen var säker på var den kom ifrån.

”Berätta! Berätta!” hade politikerna rödkindat ropat.

”Jag har beslutat att ni ska föreslå fullmäktige att vi bygger ett gigantiskt hus, fyllt med kultur. Det ska vara det största som någonsin byggts!”

”Ja!” ropade politikerna.
Någon räckte upp handen och skakade av upphetsning.

”Varför inte genast utlysa en tävling bland världens bästa arkitekter?” undrade ledamoten.

”Det ska vi göra”, svarade kulturchefen, som naturligtvis redan hade detta i åtanke, ”men det finns ett par saker ni måste tänka på. Det måste finnas plats för en teater med sittplatser för tretusen personer, en repetitionsscen för dockteater, minst fyra digitala biografer, utomhusscen, tre restauranger stora nog för att amatörteaterföreningen ska kunna spela Porgy and Bess där, café med bruna gardiner, atriumgård, en isbana samt en blackbox. Och alla träd som skymmer mitt... vårt... kulturhus måste sågas ner.”

”Eeeh... jaha”, hade kulturnämndens ordförande sagt och antecknat något otydligt.

Innerst inne var hon rädd för kulturchefen och vågade aldrig uttrycka någon avvikande åsikt, trots att deras politiska åsikter egentligen gick tvärs emot varandra.

"Det blir ju ett rätt stort bygge" fortsatte hon tveksamt och med lite orolig röst, "så jag måste fråga en sak. Ja, alltså, om jag får..."

"Det går bra", svarade kulturchefen avmätt.

"Vad är en sån därninga blackbox?"

"Eeeh... ja, det är en liten låda skulle man kunna säga. Svart och lite nedsänkt så klart. Så att orkestern kan stå upp när dom repeterar."

"Det trodde jag var orkesterdiket?" sa ordföranden osäkert och darrade till.

"Ha! Ha! Ha!" sa kulturchefen med något som för en dåligt hörande skulle kunna förväxlas med ett skratt. "Du vet inte mycket om kultur, den saken är klar."

Man hade genast annonserat i New York Times, Nihon Keizai Shimbun och Herald Sun om en tävling där världsberömda arkitekter kunde rita förslag på ett svindyrt kulturhus. En politiker undrade varför man inte annonserade i svenska tidningar.

"Nja, du förstår", svarade en av hans partikamrater, "presidiet är ju inte intresserade av att åka till t ex Alingsås för att träffa den vinnande arkitekten..."

"Hörde du inte vad jag sa gubbjävel?
Här kommer du inte in!"

fyra.

E manuel såg sig förvirrat om när rösten ekade mellan väggarna. Han låtsades plötsligt se föreståndaren för Folkets Hus och tog några hasande steg mot glasburen där han satt.

"Hörde du inte vad jag sa gubbjävel? Här kommer du inte in!"

"Men jag ska..."

"Där inne är det presskonferens och bara öppet för viktiga partikamra... jag menar kulturmänniskor!" Föreståndaren lät mycket ovänlig.

"Men jag är från pressen", sa Emanuel försiktigt. "Jag är från PRO-tidningen..."

Han började leta i fickorna efter ett presskort som naturligtvis inte fanns. Han såg mer och mer förvirrad ut och höll upp sin gamla Instamatickamera...

"Jag har... vänta..." han letade intensivt i innerfickan på kavajen.

Föreståndaren blev mer och mer irriterad och tänkte på att hans kaffe kallnade och att han missade inledningen av reprisen på

Paradise Hotel. Tjejerna där var...

"Gå in då för fan", muttrade han.

"T...tack..." stammade Emanuel.

Emanuel gick in i lokalen och skakade lätt på huvudet när han kommit runt hörnet.

"There's one born every minute", tänkte han. Föreståndaren på Folket Hus tänkte likadant, fast på svenska. Han hade inte haft någon som helst aning om vad det betydde om han hade hört det på engelska.

Enligt kulturchefen hade en expertgrupp enats om vilka tre arkitektförslag som gått till final och dessa tre skulle nu presenteras.

"Vad har hänt med dom två?" undrade någon och pekade på två av modellerna som låg i småbitar på bordet.

"Det var någon som glömde dom nere i garaget bakom en av Omsorgsförvaltningens bilar", sa kulturchefen hastigt. "Nå, det spelar ingen roll, eftersom vi har vinnaren här."

Med en försiktig rörelse lyfte han bort ett skynke och förde försiktigt fram den enda hela modellen.

"Kulturnämnden har beslutat att arkitektfirma Bengtsson & Bengtsson från...eeeh... Tokyo, har vunnit arkitekttävlingen", sa han högtidligt.

"När gjorde vi det?", viskade vice ordföranden till ordföranden.

"Schhh! Tyst!" viskade ordföranden. "Vill du inte följa med till Japan?"

Emanuel sträckte upp en hand.

"Får jag fråga en sak?"

Kulturchefen rynkade ögonbrynen irriterat.

"Nåå... det får bli en kort fråga då."

"Bengtsson och Bengtsson... är dom från Japan? Det låter ju inte speciellt japanskt?"

"Nä, det äger sin riktighet", svarade kulturchefen och glodde på honom under lugg.

"Då bör ni dock först och främst fundera över varför vi har ett japanskt hus i staden" fortsatte han. "Vi har dessutom beslutat att såga ner alla träd i teaterparken och i stället plantera ett bonsaiträd så att huset syns. Både Bengtsson och Bengtsson verkar numera i Kalmar... jag menar Tokyo, efter en mycket lyckad integration, som jag för övrigt själv deltagit i."

"Så du känner arkitekterna sedan tidigare?"

Kulturchefen funderade på om han skulle låta utrymma salen för att få tyst på uppviglaren, samtidigt som vice ordföranden lutade sig mot ordföranden. Hans blanka hjässa var våt av svett och ögonen flackade.

"Om han känner arkitekterna, innebär det att vi inte får åka till Tokyo?" viskade han.

”Har kulturchefen sagt att vi ska åka till Japan, så kommer vi att åka till Japan”, svarade hon tyst, ”biljetterna köptes in i förra veckan. Vi fick avdelningschefen att datera köpet till dagens datum, han har ju dålig tidsuppfattning som du vet.”

Lättad satte sig vice ordförande rakt upp igen och återtog sin arroganta uppsyn.

”Nu får du låta de andra fråga också”, sa han ilsket och spände ögonen i Emanuel.

”Jag har en fråga” sa en av journalisterna och sträckte upp handen.

”Eeh… jaha.”

”Är inte ett kulturhus i 18 våningar lite överdrivet?”

Kulturchefen log överlägset och skakade lätt på huvudet.

”Lille vän… du har inte förstått att det finns 16 våningar under mark också?”

Politikerna skrattade och skakade på huvudet åt journalisten. Där fick den dumme fan!

”Nå, tack för idag” sade kulturchefen. ”Nu är den här presskonferensen slut.”

När alla journalister och alla politiker hade lämnat salen, ställde sig kulturchefen framför modellen av sitt nya kulturhus.

”Aaaah, all denna kulturrr!” sa han högt och smekte sensuellt takåsen på modellen.

Han tog ett djupt andetag och försökte än

en gång föreställa sig hur arbetares svett luktade. Påminde det inte lite om... kaprifol?

Han ryckte till av hasande steg bakom sig. Där stod Emanuel och studerade honom.
"Det var verkligen värt en stående ovation!" sa Emanuel och flinade. "Ja, djävlar! Arkitekter från Japan..."
Han gick makligt och skrattande mot utgången.
När dörren slog igen bakom Emanuel tittade kulturchefen ner och kontrollerade så att livrem och hängslor satt som de skulle.
Han hade en märklig känsla av att någon hade lyckats dra ner byxorna på honom.

HÅLET

Hål
(latin: foramen)
Hål är i fysik och halvledarefysik, kvasipartiklar med massa,
laddning, rörelsemängd, spinn och energi. Ett elektronhål
beskriver ett kvantmekaniskt tillstånd som inte är fyllt och som
kan uppta en elektron.

Sedan finns det vanliga hål.
För det mesta i våra gator och oftast kommunala.

ett.

Hör ni era satans slöfockar! Hur länge ska ni sitta här och dricka kaffe?" Krister la ner spelkorten på bordet och tittade surt på arbetsledaren som steg in i arbetsboden.

"Du låter fan som kärringen därhemma" morrade Krister. "Måste man ha det på jobbet också? Om jag hade velat..."

"Sluta snacka skit!" Arbetsledaren höjde rösten och blängde på honom.

"Skillnaden mellan hemma och här är att här får du betalt. Då får man göra något för lönen."

Krister reste sig under stånk och stön.

"Ja, och fan vad bra betalt man har på kommunhelvetet" muttrade han. "Kom igen Peter, vi får väl göra som han säger, annars drar dom väl in semestern också..."

Krister Andersson var känd för sitt grova språk och respektlösa attityd, medan hans arbetskollega Peter Johansson var tystlåten, försiktig och snabb att göra som han fick order om. Han hade redan dragit på sig stövlarna och krängde snabbt på sig regnjackan.

"Äsch, kom nu Krister, lika bra att få det gjort."

Motvilligt klädde Krister på sig medan Erik, hans arbetsledare, kollade honom. När alla var klara öppnade chefen dörren på arbetsboden och de stönade högt. Regnet hade tilltagit medan de var inne och drack eftermiddagskaffe.

"Djävla pissväder!" svor Krister.

Chefen stängde dörren efter dem och alla tre lufsade över till grävmaskinen på andra sidan gatan. De hade redan mätt ut vad som skulle göras.

Peter klättrade in i maskinen och satte sig tillrätta. Krister fällde upp kapuschongen på regnjackan och intog sin position. Medan han lutade sig med en hand mot avspärrningsstaketet, tittade han på markeringarna dom hade gjort på trottoaren intill husväggen. Han tittade snabbt upp på Peter i maskinen och vinkade till honom att börja.

"Kom igen nu, så vi blir klara" ropade han.

"Se bara till att ni får det färdigt innan ni går hem", sa Erik. "Vi ses kanske imorgon." Han vände ryggen åt dem och lufsade iväg.

Regnet smattrade mot grävmaskinens hytt och mot Kristers regnjacka. Varje gång han slog en blick upp mot Peter i hytten slog det kraftiga regnet honom i ansiktet. Peter sänkte skopan och satte den i gruset i trottoaren.

En halvtimme senare var de klara och hålet var 90 gånger 90 centimeter och 160 centimeter djupt. Precis som det skulle vara. Han hade lagt det han grävt upp vid sidan av gropen. Han tittade på resultatet och tänkte:

"Fan... det ser ut som en riktig kommunal grop... Undrar vad den ska vara till för?"

Krister viftade på honom och ropade:

"Stäng av skiten och låt oss komma inomhus!"

Peter stängde maskinen, hoppade elegant ut och låste hytten. Krister var redan halvvägs över gatan på väg mot arbetsboden.

De for in genom dörren och skakade av sig som två våta hundar. Det var fortfarande drygt en halv timme kvar av arbetstiden, men ingen av dom hade några planer på att göra mer idag.

"Ibland önskar man att man hade ett vanligt kontorsjobb" sa Peter, medan han slog upp vars en mugg ljummet kaffe.

Krister slog en blick på Peter.

"Det har du väl snart? Du ska ju iväg imorgon på anställningsintervju", sa han.

"Ja", svarade Peter. "Får jag det betyder det att du får ta resten här själv..."

Krister ville inte erkänna att han skulle sakna Peter, men det var inte utan att det kändes trist att bli av med sin arbetskompis.

"Jag har lust att ringa in i morgon och sjukskriva mig" muttrade han. "Bara stanna hemma i sängen".

två.

Nästa morgon var himlen fortsatt grå. Regnet var visserligen inte lika kraftigt som dagen före, men det hade börjat blåsa ordentligt.

Krister slog numret till sin arbetsledare. När han inte svarade läste Krister in på hans telefonsvarare att han var sjuk, hade feber, hosta och huvudvärk. Han lade sig vinn om att låta så eländig som möjligt och han tyckte själv att han var så övertygande att kan kände sig sjuk på riktigt. Han la tillbaka telefonen på sängbordet och föll tillbaka med ett stön på huvudkudden. Inom 30 sekunder sov han igen.

Under tiden gjorde Peter sig klar för att gå på anställningsintervju. Även om det var ett annat jobb inom kommunen, gällde det ändå en plats som avdelningschef inom fastighetsförvaltningen. Han visste att han åtminstone var teoretiskt kvalificerad för jobbet, men var lite orolig för att dom skulle tycka han var för ung. Om han fick det var det bästa med det att han kom ifrån utejobbet.

Jobbet på gatukontoret hade han fått efter avslutad högskola och han hade tagit det utan att tveka, det handlade om att överleva. Efter den interna utbildningen på grävmaskinen hade det dock inte blivit så mycket roligare.

Intervjun kunde inte gått mycket bättre.
"Vi skulle vilja att du började redan idag" sa avdelningschefen som intervjuade honom.
"Nja, jag vet inte vad min chef säger…"
"Vi har redan pratat med Erik och han kan släppa dig direkt".
"Ja, djävlar" tänkte Peter. "Du menar att jag inte behöver gå ner i källaren och byta om?" sa han högt.
"Ha! Ha! Nä, du behöver inte byta om" skrattade hans nya chef. "Behåll slipsen på och följ med mig".

En lycklig före detta grävmaskinist reste sig upp och följde med för att bekanta sig med sitt nya tjänsterum.
Han ägnade inte en tanke åt varken Krister som låg låtsassjuk hemma i sin säng, hålet i trottoaren eller den stora gula grävmaskinen som stod kvarglömd i det skvalande regnet.
Han var bara glad över sitt nya jobb.

tre.

Bertil Bengtsson stack in huvudet i kollegans kontorsrum. "Du, vi behöver en grävare till Övre gatan i Borstahusen. Det är tydligen en fiberkabel som krånglar och du vet hur uppskruvade dom blir därute när något stör idyllen. Har du några killar du kan avvara...?"

"Fan. Krister är sjuk och Peter har slutat. Resten är på bygget av den nya ishallen. Fast det påstår alla att det tydligen inte är så bråttom..." suckade Erik. "Men ja, det kan vi väl fixa... jag skickar ut lastbilen med en grävare och några killar..."

Nu gällde det bara att hitta en ledig maskin. Han ringde runt till alla arbetsplatser han kunde komma på och fick till slut napp. Någon påstod att en liten 303:a stod overksam någon stans i stan. Men var fan var den?

Han slog en signal till arbetsledaren på ishallsbygget.

"Vet du var 303:an finns?"

"Hur fan ska jag..." började han, tills han kom på det. "Vänta... den står vid kyrkan där Krister och Peter jobbade..." sa han.

"Står den kvar där? Då får du ta det lilla flaket och hämta den. Den behövs på Övre gatan snabbt som fan. Ta med två killar ut!"

"Ah, men va faan... vi bygger en ishall här..."

"Skit i det, dom få spela landhockey så länge!"

Arbetsledaren drog en djup suck och kallade till sig två killar på bygget.

"Ta lastbilen, kör ner till kyrkan och hämta 303:an som står där. Kör sen ut den till Bertil som väntar på Övre gatan.

Utan att göra sig någon brådska, klättrade de upp i lastbilshytten och körde i sakta mak ner till kyrkan.

En timme senare var grävmaskinen i Borstahusen och kvar vid kyrkan fanns nu bara ett hål, en grushög och ett rödgult avspärrningsstaket kvar.

Halv tolv på kvällen tog Nisse sin golden retriever med ut på dagens sista runda. Just den här kvällen tyckte Nisse att det var dags att hitta på en ny kvällsrunda, så istället för att gå bakom kyrkan tog de båda vägen längs framsidan.

Som alla andra retrievers var hunden lekfull och nyfiken. När han kom fram till avspärrningen runt hålet som Krister och

Peter grävt tre dagar tidigare, tvärstannade han plötsligt. Här var det något! Det var det definitivt något som luktade!

När Nisse kom fram till sin hund hade denne halva huvudet inne i grushögen. Han fnös och började plötsligt gräva med tassarna.

"Stopp!" sa Nisse skarpt. Hunden tittade besviken upp.

"Vet du hur konstigt det luktar" såg hunden ut att tänka. "Snälla? Det kan vara precis vad som helst..!"

"Nej! Sluta gräv!" Han kopplade hunden och drog bort honom från hålet och grushögen.

Tio meter längre fram hade både hund och husse glömt bort både hålet och den intressanta grushögen.

En vecka framöver blev kvällsrundorna för hunden lite annorlunda, beroende på att det var Nisses fru som hade ansvaret för dom. Turen gick inte alls vid kyrkan, vilket som väntat hunden inte brydde sig om. Han var lika glad vart dom än gick.

Men så en kväll var det dags igen. Hund och husse passerade framför kyrkan och så fort hunden fick se sin favoritgrushög satte han av i fyrsprång.

"Stopp!" skrek Nisse och sprang efter. Men

*När Nisse kom fram till sin hund
hade denne halva huvudet inne i grushögen*

den här gången tänkte inte hunden låta sig hejdas! Nu skulle han ta reda på vad som fanns i gruset!

Ena sidan av skyddsstaketet låg ner. Nersparkat eller omkullblåst var omöjligt att veta, men hålet var nu en fälla för både människor... och hundar skulle det visa sig.

Med sällan skådad frenesi började hunden gräva så det sprätte. Han vände sig om med bakbenen mot hålet för att få bättre fäste med baktassarna. Till hans stora förvåning gav dock kanten på hålet vika och han dråsade ner med bakändan. Genast började han sprätta med framtassarna för att ta sig upp igen.

Nisse rusade fram till hålet.

"Va' fan gör du hunnadj..." började han. Han la sig på knä, fick tag i hundens sele och drog med stort besvär upp honom ur hålet.

"Nu får du fan i mig ge dig" mumlade han. Hunden spetsade öronen, nästan log mot husse medan svansen viftade våldsamt.

"Såg du inte den?" tänkte han och hade sällan varit så lycklig över en upptäckt tidigare.

Vad det var han hade hittat fick husse aldrig veta eftersom han snabbt drog hunden ifrån hålet.

"Är det kommunen som lämnat ett livsfarligt hål mitt på trottoaren?" tänkte han. "Det här måste dom fanimej åtgärda snabbt!"

Han gick några meter bort, band hunden i en lyktstolpe och gick tillbaka till hålet medan hunden såg på med förvåning. "Vad skulle han nu?"

Nisse reste skyddsstaketet och rättade till det så gott det gick. Det här måste fixas innan någon skadade sig!

fyra.

Välkommen till Landskrona stad... Ni får nu nio val. Vill ni prata med någon som vet något tryck sju, vill ni prata med någon som har hand om vatten men inte plastavfall... tryck fyra. Vill ni prata med ett kommunalråd, var vänlig dröj kvar så kommer dom in någon gång efter lunch. För alla andra frågor tryck sex, åtta eller två, eller dröj kvar så får ni snart prata med en telefonist.”

Nisse knep ihop ögonen och skakade på huvudet.

”Hallå...?”

”Ja, hej jag heter...”

”Ni står fortfarande i kö. Ni har plats... eh... ett...”

Sprak! ”Välkommen till Landskrona stad.” Rösten lät som någon med alldeles för stora mandlar.

”Hej, jag skulle...”

”Ja, ni har kommit till Landskrona stad, vem vill ni prata med?”.

”Jo, jag söker någon...”

”Om ni bara berättar vem det är ska jag försöka koppla er dit”.

"Försöka?" tänkte han. "Ja, någon som har hand om gatan på..."

"Matan, ja. Varsågod". Signalen gick fram direkt och Nisse hann bara tänka "Vad i..."

"Skolköket Västervång" hördes en kvinno-röst i andra änden.

"Skolköket?" sa Nisse förvånad.

"Tro mig, du är inte den förste" sa rösten i andra änden när hon hörde hans förvåning. "Jag ska koppla dig till gatukontoret..."

Det susade i luren några sekunder innan en surmulen, manlig röst svarade.

"Ja...Bengtsson."

"Hej, jag heter Nisse. I går var jag ute med min hund..."

"Vad hette du i efternamn sa du?" Bengts-son var minsann inte någon som pratade med vem som helst...

"Det sa jag inte", svarade Nisse, "men igår var jag ute med min hund vid kyrkan och han ramlade ner i ett hål..."

"Jaha..."

"...i trottoaren."

"Ett hål i trottoaren?" Bengtsson lystrade. Kunde det vara ett av deras hål?

"Ja, ni har väl grävt för någon vattenläcka eller nåt..."

Bengtsson slappnade av. Det fanns inga akuta vattenläckor för tillfället.

"Var det något skyddsstaket runt hålet?"

"Ja, men det hade..."

Nu kände Bengtsson sig fullständigt trygg. Även om det skulle råka vara deras hål, hade man vidtagit alla skyddsåtgärder.

"Nu är ju hundar väldigt nyfikna" summerade Bengtsson. "Det är inte enkelt att spärra av för hundar med ett sådant staket."

"Nu är jag ju inte bekymrad för min hund, det gick bra för honom. Problemet är om en äldre människa, kanske en synskadad, ramlar ner och skadar sig allvarligt".

Nu lät Bengtsson plötsligt allvarlig.

"En synskadad säger du? När hände detta?"

Nisse suckade ljudligt.

"Nej, det har inte hänt ännu" sade han uppgivet. "Men det finns en uppenbar risk för det".

"Vi ska genast ta tag i det och skicka ut någon att ta hand om det" sade Bengtsson snabbt, när han såg att hans kollega Nilsson stack in huvudet genom dörren och gjorde pantomimrörelser som skulle föreställa att han åt.

"Ska du med på lunch?" viskade han.

Bengtsson satte upp handen i ett stopptecken och nickade.

"Du kan vara lugn" sa han till Nisse i luren."Vi ska ta hand om detta".

"OK" svarade Nisse något tveksamt."Tack ska du ha".

"Tack själv" svarade Bengtsson och avslutade samtalet. "Vart ska vi gå?" undrade han, medan han tog på jackan.

"Vi går bort till Mythos" svarade kollegan. "Jag älskar deras gyros..."

På vägen passerade de kyrkan, inbegripna i ett samtal om matchen mellan BoIS och HIF.

Nilsson tog plötsligt Bengtsson i armen...

"Akta för fan så du inte ramlar ner" sa han.

Utan att kommentera rundade båda två det rödgula staketet genom att gå ut om på gatan när de passerade hålet i tottoaren.

fem.

Solen strålade och temperaturen var fortfarande över 22 grader tio på kvällen när Nisse kopplade sin hund för kvällspromenaden. Hela familjen hade tillbringat de senaste tre veckorna i sin sommarstuga i Halland och även om det var trist att behöva börja jobba på måndag, kände både hund och familj sig utvilade och pigga.

Längs parken vid kyrkan dansade skuggorna från träden, medan hunden snusade längs gräskanten efter nyheter. Det fanns mycket att ta igen. Plötsligt tvärstannade han och stelnade till i kroppen. Han ställde sig och stirrade över gatan. Där! Där borta låg ju hans grushög!

Han försökte att med ett ryck ta sig över gatan, men den här gången var han kopplad.
"Vad ska du...?" började Nisse innan han såg i samma riktning som hunden. Runt gropen låg det rödgula staketet omkullvält och grushögen lyste guldbrun i solljuset.
"Vad i helvete..." morrade han tyst. "Nu får det väl vara nog!"

Han drog hunden med sig åt andra hållet och gick rundan bakom kyrkan i stället. Tjugo minuter senare var de hemma, hunden for in till vattenskålen och Nisse gick ut genom dörren och stegade bestämt bort till verktygsskjulet. Han tände ljuset och lyfte ner sin skyffel från väggen.

"Vart ska du?" ropade hans fru.

"Jag ska bara fixa en sak..." ropade han. "Jag är strax tillbaka". Nu djävlar!

En kvart senare stod han vid gropen. Han satte ner skyffeln i grushögen med en ilsken rörelse. Därefter samlade han ihop skyddsstaketet, delade på det som gick att dela på och ställde det snyggt och ordentligt intill väggen. Han drog ett djupt andetag, drog upp skyffeln ur grushögen och började fylla igen gropen.

Det tog en dryg halvtimme och han svettades rejält. När han var klar torkade han av sig i pannan med baksidan av handen och pustade.

"Så, nu ska väl ingen ramla ner i alla fall" tänkte han. Det låg visserligen ingen singel som på resten av trottoaren, men det var någorlunda jämnt.

Sommarnatten hade blivit dunkel när han äntligen kom hem igen och hunden bar sig åt som om husse varit borta en hel vecka. Hans glädjeskutt tog dock plötsligt tvärt slut och hunden tittade uppfordrande på honom. Han snusade högljutt i luften.

"Du kan slappna av" sa husse utan att låta alltför övertygande. "Det fanns inget i högen..."

Hunden vände sig om och la sig ner på sin filt igen. Med tanke på hur husse luktade var han inte helt säker...

sex.

Det blåste småsnålt och de flesta löven från träden vid kyrkan hade redan fallit. Man var inne i oktober och det var nästan fem månader sedan Krister och Peter satte grävskopan i trottoaren och skapade det perfekta kommunala hålet.

Peter hade för lika lång tid sedan bytt arbetsplats och hans bekymmer för hål i trottoaren (eller gatan för den delen) hade för längesedan tynat bort. Krister å andra sidan var kvar på samma avdelning och var för närvarande inblandad i ett underhållsarbete i Häljarp.

Just denna dag var han på väg tillbaka till centrum med en kollega. Bak på flaket hade dom ett ton singel som blivit över vid senaste trottoaranläggningen. Precis när man körde över Storgatan och skulle passera kyrkan, kom gamla minnen över Krister och han log för sig själv.

”Det var här jag och Peter grävde sista gången...”

Plötsligt bromsade han hårt.

”Va fan händer?” hojtade hans kollega när han hängde i säkerhetsbältet.

”Dom har min själ inte gjort det klart!” sa Krister ilsket. ”Titta!”

”Vad? Vad?” Kollegan hade ingen aning om vad det handlade om.

”Där!” sa Krister och pekade på en stor fläck med grus på trottoaren.

Han for ut, fällde ner baklämmen på bilen och svingade sig elegant upp. Bak på hytten satt alla verktygen och han hämtade en skyffel. Med energin nästande sprutande ur öronen öste han singel från flaket ner på trottoaren. När han tyckte det räckte tog han en kratta och hoppade ner.

Kollegan stod nu på trottoaren och studerade hans arbete.

”Vad handlar detta om?” undrade han och smålog.

”Det här är mitt och Peters sista grävjobb. Då ska det fanimej se snyggt ut när det är klart.”

”När gjorde ni det?”

”I maj” svarade Krister ilsket. ”Eller var det förra hösten? Det spelar min själ ingen roll. Det är inte tiden som räknas, det är hur det ser ut när det är klart!”

Han krattade ut singeln och studerade resultatet. Nu kunde ingen längre se att det en gång varit ett hål där. Skyddsräckena stod fortfarande staplade mot väggen och gemensamt slängde de upp alltihop på flaket.

"Nu håller vi kväll!" sa Krister bestämt.

epilog.

Grönskan spirade och vårsolen värmde skönt när de båda kollegorna kom ut från Stadshuset.

"Blir det Mythos idag?"

"Givetvis! Du vet hur skönt det är på deras bakgård när vårsolen skiner!"

De gick med raska steg längs kyrkan, som vanligt diskuterandes stadens fotbollslag. Men varje gång Bengtsson passerade det numera osynliga hålet, fick han en märklig känsla. Som vanligt skakade han av sig den när han tänkte på gyrosen han snart skulle stoppa i sig.

Två meter under honom sipprade vattnet mycket sakta från ett gammalt rostigt rör. Det skulle ta två år innan vattnet ställde till med något, men å andra sidan kostade slukhålet då en lykstolpe, en rejäl plåtskada på en svart Tesla (som tydligen kördes av någon anställd på Stadshuset?) samt livet för 478 myror.

Ingen människa kom dock till skada.

Teaterdirektören

ett.

Det var en gång för länge, länge sedan, en liten vacker stad som låg alldeles vid havet. Människorna i den lilla staden var lyckliga och alla hjälpte varandra. Kort sagt, det var en liten stad som var som så många andra små städer då, för länge, länge sedan.

I den lilla staden fanns det en liten vacker teater. Dit kom det ibland resande teatersällskap som visade både lustspel och dramatiska skådespel för människorna. Människorna i den lilla staden älskade sin lilla teater och besökte den ofta.

Men så en dag blev det krig ute i världen och allting ändrade sig. Människorna fick annat att tänka på, inte bara i den lilla staden, utan i hela landet. Det blev mycket fattigt och under tiden som kriget pågick hade människorna varken lust eller råd att gå på teatern längre.

Efter några år tog så kriget äntligen slut. Alla blev så klart glada och nu hoppades man att allt skulle bli som det var förr.

Men mycket hade blivit annorlunda och ingen ville längre spela teater i den lilla staden. Den lilla vackra teatern dammade igen och ingen verkade ens vilja städa den längre.

De som styrde i staden blev oroliga eftersom det började bli svårt att hålla människor lugna och glada.

"Vi måste ge vårt folk både bröd och skådespel" sa dom.

Så gick det flera år och människorna i den lilla staden blev mer och mer ledsna.

Men tänk! När det var som allra värst kom plötsligt ett teatersällskap till den lilla staden! Dom kom från den stora staden som låg en bit därifrån. Eftersom det inte fanns någon teater där dom kunde eller fick spela i den stora staden, så gick de till de styrande i den lilla staden och frågade om de fick stanna och bo på teatern. Om de fick det, skulle de uppföra både dramatiska och komiska skådespel för människorna.

"Naturligtvis! ropade de styrande. Ni ska också få massor av guld, bara ni håller invånarna glada och lugna!"

Sagt och gjort.

Teatersällskapet flyttade in i den lilla vackra teatern och började bjuda människorna på skådespel. Och ni må tro att det blev den ena

succén efter den andra! Människor kom lång-
väga ifrån för att titta och de styrande i den lil-
la staden var så glada för att de äntligen hade
hittat något som höll invånarna lugna!

Så gick det några år och det var fler och fler
som besökte den lilla teatern i den lilla sta-
den. De styrande var glada, invånarna var gla-
da och alla i teatersällskapet var glada!

Alla var lyckliga igen!

två.

Efter ett tag upptäckte teatersällskapet att guldet nästan var slut i kistan. Det låg bara några mynt och skramlade på botten.

"Vi får säga till de styrande att vi behöver mer" föreslog någon i sällskapet.

De styrande i staden blev lite förvånade över att man hade gjort av med nästan allt guld, men tyckte ändå att de kunde få lite till. Inte riktigt lika mycket som förra gången, men lite grand.

Men så gick det som det går om man inte är sparsam. En dag var helt enkelt allt guld slut. De som arbetade i teatersällskapet började skylla på varandra och blev ovänner. De blev också ovänner med de styrande, eftersom dessa inte ville ge dem mer guld. Till sist var alla så arga på varandra att man helt enkelt stängde dörren till teatern och reste därifrån.

Ja, alla utom en faktiskt. En av farbröderna stannade kvar eftersom han inte alls var pigg på att åka tillbaka till den stora staden. Där hade han varit karamellkokare på det stora Tivolit och det var ingenting han ville bli

igen. På den lilla teatern hade han varit den
som sopade och gjorde alla dörrhandtag blan-
ka.

Under tiden må du tro att det blev oväsen
på Rådhuset där de styrande satt! Vad skulle
man nu ta sig till? Man ville ju så gärna ha ett
teatersällskap i den lilla staden så att invå-
narna höll sig lugna.

Några av de styrande i staden pratade en
dag om att det skulle väl inte vara så svårt att
själva starta ett teatersällskap?

Man bjöd in en massa andra farbröder i sta-
den för att se om det var någon som ville vara
med.

"Då vill jag bli Teaterdirektör!" ropade en av
farbröderna. "Jag kan allt om teater!"

Det var inte riktigt sant eftersom det var
han som var farbrorn som hade varit kara-
mellkokare på tivolit i den stora staden, men
eftersom man inte hade någon annan så
bestämde de styrande att så fick det bli.

Det nya teatersällskapet kallade sig för *Det
Nya Teatersällskapet*, eftersom ingen kunde
hitta på något bättre namn. De fick också
massor av guld, inte bara från de styrande i
staden, utan från självaste kungen! Han hade
hört talas om hur bra det förra teatersällska-
pet hade varit och ville visa alla undersåtar
att han minsann också tyckte om teater!

*"Då vill jag bli Teaterdirektör!" ropade en
av farbröderna. "Jag kan allt om teater!"*

tre.

Så kom då änligen dagen då man slog upp portarna till teatern igen. Då blev det fest i den lilla staden må du tro! Alla ville gå och se Det Nya Teatersällskapet som fått så mycket guld och som själva hade sagt att de var så duktiga!

Det Nya Teatersällskapet visste inte lika mycket om teater som det förra - egentligen ingenting alls - men man tänkte att om man bara låtsades så skulle det gå bra. Teaterdirektören berättade varje dag för alla i den lilla staden, om hur duktig han var som Teaterdirektör.

Men redan från första dagen slösade man bort mer guld än vad man borde. Mycket av detta var för att Teaterdirektören hade jättesvårt att räkna. Trots att han tittade varje dag i pengakistan, förstod han helt enkelt inte varför den en dag var tom.

Några av farbröderna i Det Nya Teatersällskapet tyckte då att man kanske skulle spela mer lustspel och ha mer musik så att fler av invånarna ville komma och ha roligt då de gick på teatern. På så sätt skulle man kunna få in mer pengar i kassakistan.

Detta tyckte inte Teaterdirektören alls om. Han tyckte inte om musik och alla visste ju att det var han som bestämde och som visste mest om hur man gjorde teater.

Så en dag var han tvungen att berätta för de styrande att kassakistan var tom. Men han sa att det var de andra farbröderna som gjort slut på allt guldet och att de nu ville stänga teatern.

"Nej! Nej! Nej!" ropade de styrande. "Ni ska få mer guld, bara ni stannar! Se här, hur mycket vill ni ha?"

Teaterdirektören log illmarigt och tänkte att det här gick ju lätt.

"Jag sa ju att jag var bäst!" tänkte han. "Nu kan jag vara Teaterdirektör för alltid!"

Men det tog inte lång tid förrän människorna i den lilla staden upptäckte att Det Nya Teatersällskapet inte alls var så bra på att spela teater som de själva sa. I den lilla staden började man tycka att det var tråkigt att gå på teatern och därför slutade man helt enkelt att gå dit.

Ovanpå allt elände, skickade kungen bud

och berättade att guldet tyvärr var slut och att farbröderna inte kunde få mer. Teaterdirektören blev jättearg och trodde att alla bara lurade honom.

"Tjuvar och banditer! Ni har tagit allt guldet själva!" skrek han till de andra farbröderna. "Nu får ingen se bra teater mer i er lilla stad!"

Det Nya Teatersällskapet fick helt enkelt sluta att spela teater. Och precis som när det gamla Teatersällskapet slutade var det bara den gamle karamellkokaren som stannade kvar. Den före detta Teaterdirektören var jätteledsen och jättearg, för nu kunde han inte längre visa hur duktig han var på att göra teater. Han kunde inte heller börja koka karameller igen, eftersom han hade glömt bort hur man gjorde.

"Vad gör vi nu?" gnällde en av de styrande.

Men innan alla hann börja gnälla, var det en som kom med en idé.

"Vi kan ju ha någon annan som lockar hit andra att komma och spela på vår teater, det kan väl inte vara så svårt? Vi har ju till och med en riktig Teaterdirektör i staden!"

"Men då vet vi ju inte vad vi får!" utropade en annan av de styrande förskräckt.

"Jodå. Dom som ska locka hit andra teatersällskap kan få lite, bara lite, guld om de tar hit sådana som *vi* tycker är bra. Sen berättar vi också för dom att dom får åtnjuta glädjen av att arbeta gratis åt staden. Och så sätter vi vår egen Teaterdirektör till att bevaka allt-ihop!"

"Hurra, vilken bra idé!" ropade alla.

fyra.

Och så skred de till verket. Många - både tanter och farbröder - från den lilla staden ville gärna hjälpa till att locka nya teatersällskap till teatern.

"Ni får naturligtvis inget betalt" sa de styrande och försökte låta beklagande, "eftersom det inte finns så mycket guld kvar i kassakistorna. Men ni får arbeta gratis så mycket ni vill och till och med gå på teatern utan att betala!"

Det tyckte tanterna och farbröderna var ganska bra och alla tyckte dessutom att det var roligt att hjälpa till i staden.

Nu levde den lilla teatern upp igen och människor kom åter från alla håll - till och med från den stora staden! - till den lilla vackra teatern i den lilla staden och alla blev glada.

Teaterdirektören blev speciellt glad eftersom alla dunkade honom i ryggen och gratulerade honom till det fantastiska arbete han utförde. Själv var han lite orolig eftersom han visste att han egentligen inte gjorde så mycket. Han var också lite orolig för att någon skul-

Han började mycket bestämt att bläddra i det karto-
tek som han själv hade byggt av ett par bananlådor

le komma på att han inte var så bra på att räkna.

En dag steg den styrande som hade hand om skådespel, in på Teaterdirektörens kontor.

”Hur många äro de människor som besökt vår vackra teater?” frågade han Teaterdirektören.

”Etthundraaderton” svarade Teaterdirektören stolt.

”Vafalls? Det var ju etthundratjugotvå när jag frågade förra veckan” sade den styrande.

”Har jag sagt det?” undrade Teaterdirektören och lade sig vinn om att verkligen se förvånad ut.

”Ett ögonblick ska jag kontrollräkna...”

Han började mycket bestämt att bläddra bland sina papper i det kartotek som han själv hade byggt av ett par bananlådor.

”Hrmm...” snörpte han. ”Ja, jag ser här att grosshandlare Mysström, hans hustru Gun-Bjärt, samt prosten Fridh och hans bror Bror-Evert har blivit dubbelbokade. Eftersom de alltid vill sitta uppe bland skådespelarna på scenen, så räknas de ju om och om igen som du förstår.”

”Men i så fall skulle ju...” började den styrande, men ångrade sig genast och vågade inte låtsas om att han inte förstod sig på teater när han såg Teaterdirektörens allvarliga uppsyn.

"Eeeh... jahaja" fortsatte han istället. "Då är allt rätt registrerat och bokfört som det ska och borde?"

"Jajamensan" svarade Teaterdirektören bestämt.

fem.

Så gick ytterligare en tid och den lilla stadens vackra teater fortsatte att blomstra och människor reste nu långväga ifrån för att se teater där.

Teaterdirektören blev nu mer och mer avundsjuk, eftersom de tanter och farbröder som borde förstå mindre om teater än Teaterdirektören själv gjorde, hade lyckats så bra.

Därför gick Teaterdirektören en dag till de styrande och beklagade sig.

"Jag är ju den i staden som vet bäst vad som är bra teater" började han myndigt. "Ändå tycks folk komma ända från andra städer för att se på teater i vår lilla stad. Sådan teater som jag har bestämt att ni inte tycker är bra."

"Ja, det är i sanning en märklig sak" svarade de styrande med rynkade pannor, när dom fick höra.

"Jag har till och med hört att det har funnits besökare på teatern som både skrattat och applåderat!" ropade en av de styrande.

"Inte för att jag varit där" tillade han snabbt

när han såg de ilskna blickar han fick från resten av församlingen, "men ryktet går ju..."

Från de församlade hördes nu en flämtning och alla ropade i munnen på varandra:
"Det här måste genast stoppas!"
"Vi börjar helt enkelt tappa kontrollen över vad folk ska tycka är bra" fortsatte Teaterdirektören och hans röst sprack av rörelse.
"Stoppa genast allt på teatern som är roligt!" röt de styrandes ordförande och alla de andra ropade bifall med den ena armen uppsträckt i luften.

Teaterdirektören fick nu av de styrande uppdraget att själv locka dit sådana skådespelare och narrar som de styrande och Teaterdirektören tyckte var bra.
"Använd så mycket guld som behövs" sa de styrande. "Inget pris är för högt!"

Tanterna och farbröderna som arbetade gratis med att locka teatersällskap till teatern, började en dag undra varför deras gästande teatersällskap inte fick komma in på teatern. De blev helt enkelt utkastade av Teaterdirektören.
"Vi behöver inte fler narrar än vad som redan finns i vår egen krets" svarade Teaterdirektören högdraget. "Jag har förresten själv hittat dom bästa dockskådespelarna i Långt-

bortistan och dom ska hädanefter hafva för-
tur till vår vackra teater!”

Tanterna och farbröderna som arbetat gra-
tis, blev arga och frågade vad dom gjort för fel.

”Ja, jag kan förstå att ni som vanliga män-
niskor har svårt att förstå vad som är bra tea-
ter för folket” svarade han. ”En Teaterdirektör
som jag vet naturligtvis bättre än er, det hörs
ju på namnet: T-e-a-t-e-r-d-i-r-e-k-t-ö-r.”

Han lade sig vinn om att artikulera och utta-
la sin titel med stor pondus, det lät ju så vack-
ert!

Men nu tyckte tanterna och farbröderna
som arbetat gratis att det fick vara nog. De
gick till de styrande och berättade att de ville
sluta, eftersom Teaterdirektören ändå stop-
pade deras teatersällskap.

”Och problemet är? Menar ni att ni som van-
ligt folk skulle förstå bättre än en Teaterdirek-
tör vad som är bra för invånarna i vår lilla
stad? En Teaterdirektör, vafalls?!” frågade en
av de styrande med ett hånleende.

Alla de andra styrande skrattade högt och
en del pekade till och med finger.

”Ja!” svarade en av farbröderna ilsket. ”Det
gör vi! Vi har pratat med folk...”

”Pratat med folk!?” skrek en styrande. ”Van-
ligt folk förstår sig inte på teater!”

"Det var det värsta!" sa en av tanterna. "Här har vi arbetat under lång tid…"

"Hrmpf!" snörpte en annan "Hur svårt kan det vara?"

"Nä, vet ni vad!" sa tanterna och farbröderna. "Nu får det vara nog! Nu får ni sköta det själva!"

Och så gick de helt enkelt därifrån.

De styrande kastade glåpord efter dem.

Så det blev så att Teaterdirektören själv fick försöka locka människor till teatern.

Eftersom han hela tiden hade svårt med siffror, trots att han köpte fler bananlådor, så blev det lite si och så när han berättade för de styrande hur många som kom till teatern.

Men även om det inte är så många som besöker den lilla teatern i den lilla staden längre, är den lika vacker som den alltid varit och invånarna är lika stolta över den som alltid. Många hoppas och tror att människor både från staden och långt bort ifrån, en dag ska komma och besöka den igen.

Och kommer dom inte nu så kommer dom kanske den dagen när de styrande skickar tillbaka Teaterdirektören till karamellgrytorna igen…

TJÄNSTE
RESAN

Tjänsteresa är en resa i tjänsten, alltså en resa som har samband med affärsverksamheten på det företag eller den organisation där resenären är anställd eller har sin egen näringsverksamhet.

Nöjesresor är lite annorlunda.
Den danske kungen Fredrik IV fördröjde t ex Danmarks återinträde i kriget mot svenskarna eftersom han gjort sig otillgänglig genom en nöjesresa till Italien 1708-1709.

ett.

Göran Bengtsson var skolchef i kommunen och hade av läkaren fått rådet att ta minst en veckas semester, helst i värmen. Hans arbete hade tagit hårt på krafterna.

Telefonen hade ringt dygnet runt de senaste månaderna, mycket beroende på de ogenomtänkta uttalanden, om bland annat kulturens roll i skolan, som kulturchefens avdelningschef gjort.

Nu befann han sig på Sturups flygplats och de knappt fyratusen han betalat för sistaminutenresan kändes värd varenda krona. Han såg verkligen fram emot en vecka på Mallis! Man hade precis börjat släppa ombord resenärerna på TA462 med destination Palma de Mallorca.

"Välkommen!" Flygvärdinnan gav honom sitt mekaniska leende. Göran visste att hon log samma leende mot alla som kom ombord, men han kände sig ändå plötsligt upplyft och stressen rann med ens av honom.

"Hej, hej" log han tillbaka.

Tur hade han också, han hade fått plats ute vid mittgången och precis vid nödutgången, vilket innebar gott om plats för benen.

Tjugo minuter senare ökade planet farten på startbanan. När hjulen lättade från marken kände han en liten ilning i maggropen och han tänkte med välbehag på den whisky han snart skulle beställa.

"Aaah!" En behaglig suck slank ur honom. Mannen som satt bredvid tittade förvånat på honom med ögon fulla av flygskräck. Göran bara log tillbaka.

Några mil därifrån, på Kastrups flygplats i Köpenhamn, satt Kjell-Stig Håblom, kulturchefens högra hand. I högtalarna hade man precis meddelat ytterligare två timmars försening för flight SK 332 till Palma. Man var redan fem timmar försenade.

Håblom var minst sagt irriterad. Han var på väg till en konferens om *"Förtycket av bolivianska manliga balettdansörer i Azerbadjan"*, en konferens som ägde rum i Alcudia på Mallorca.

Han flög alltid business class när kommunen betalade och han ansåg att man för dom pengarna skulle behandlas som den VIP man var. Han uttalade alltid att människors öde låg honom varmt om hjärtat, men för den sakens skull fanns det ingen anledning att blanda sig med vanligt folk.

Hotellet hade han beställt enligt reglerna för upphandling via förvaltningen och kostade drygt 12 000 kronor natten.

”Är det inte lite dyrt?” hade kulturchefen undrat.

”Nej då” svarade Kjell-Stig. ”Jag betalade enligt avtalet. Hotellet ligger nära konferenscentret och jag tog en svit, så att jag kan bjuda dit andra delegater för kulturella diskussioner. Resebyrån fixade dessutom frukost för bara 645 kronor extra per dag.”

”Ja men det var ju ett bra pris” tyckte hans chef.

Just nu var det dock bara väntetid det handlade om. Han svettades i sin tredelade tweedkostym, men han ville inte ens ta av sig slipsen. Inte förrän han var säker i sin svit på hotellet kunde han släppa på konventionerna. Tänk om en delegat från något annat land såg honom utan slips?

Två timmar senare kunde han äntligen slå sig ner i business class på planet. Luftkonditioneringen fungerade som den skulle och den trerättersmeny som serverades var utmärkt. Efter ett tag dåsade han i sin stora läderklädda flygplansfåtölj.

två.

Några timmar tidigare hade TA462 landat mjukt på Palmas flygplats. Efter en kort väntetid snurrade bagagebandet igång och charterresenärernas väskor levererades till passagerarna. Som planerat.

Utanför stod bussarna redo att svälja ytterligare en hord turister och köra dem till deras destinationer. Göran hittade bussen han skulle med och klev med välbehag in i det svala, luftkonditionerade fordonet.

Efter cirka en timmes färd rullade man in i Alcudia och började släppa av passagerarna vid deras respektive hotell.

"Waikiki!" skrek chauffören i den skorrande högtalaren när han stannade för tredje gången. Göran reste sig upp.

Äntligen framme!

Sju timmar försenat satte äntligen SK 332 hjulen på bana L 24 på Palmas flygplats. Piloten reverserade motorerna och planet bromsade in. Strax efteråt hördes applåder från turistklass och Kjell-Stig himlade med ögonen.

"Ladies and gentlemen, welcome to Palma..."

Planet taxade av landningsbanan, alla passagerarna reste sig och började plocka ner sitt handbagare från facken ovanför sina säten. Bara ett par minuter senare släcktes skylten med säkerhetsbältet. Plötsligt förkunnade en röst i högtalaren:
"Mina damer och herrar. Vi har ett litet tekniskt problem med bussarna som ska köra oss in till terminalen och skulle därför vilja be er att återta era platser ett tag... Ladies and gentlemen, there will be a short delay..."

Planet stod parkerat på den soldränkta betongplattan och tjugo minuter senare var temperaturen i kabinen uppe i nästan 60 grader.
"Hallå!" ropade Kjell-Stig ilsket och viftade med armen. En svettfläck under hans kavajärm uppenbarade sig och spred en obehaglig doft.
Flygvärdinnan gav honom en irriterad blick.
"Ni måste sätta på luftkonditioneringen igen!" ropade han.
"Jag är ledsen, men det går inte när flygplanets motorer är avstängda" log hon.
"Kan ni inte starta dom igen då?"
"Yeah, right" mumlade hon tyst för sig själv.
"Jag ska naturligtvis fråga kaptenen" sa hon

högt, vände sig om, rullade med ögonen och gick ut i det lilla svala pentryt.

Fyrtiofem minuter senare släpptes äntligen passagerarna av och ut i den brännande solen och fick åka med de bullriga bussarna till ankomstterminalen. Där var temperaturen visserligen över 45 grader men kändes betydligt svalare än i planet.

Det tog ytterligare en timme innan bagagebandet rullade igång och Håbloms väska var bland de sista. När han äntligen hade den - visst var den blå? - rusade han ut och fram till närmaste taxi. Bakom honom hörde han upprörda röster på norska.

Typiskt norrmän. Dom skrek alltid och trodde dom ägde hela världen, bara för den där djävla oljan!

"Do you have aircondition?" frågade han taxichauffören irriterad.

"Yes, of course" svarade chauffören leende. Kjell-Stig kastade sig in i baksätet i den fruktansvärt varma bilen.

"I thought you said you had aircondion?" sa han till chauffören när denne rullade iväg.

"Yes, yes..." svarade denne och rullade ner båda framrutorna. "Look!"

Kjell-Stig gnisslade tänder, men hade redan gett upp.

”Where do you want to go?” frågade chauf-
fören.
”Hotel Waikiki in Alcudia” svarade Per.
”Oki doki!” Chauffören flinade för sig själv.
”Turistas!”

tre.

Görans lilla tvårumslägenhet var per-fekt. Han satte på luftkonditionering-en, hämtade ett glas i badrummet, slog upp en stadig whisky från flaskan han köpt i Tax-freeshopen och njöt av värmen från den när den spred sig i magen. Svalkan i rummet var ljuvlig.

Han packade upp de få kläder han hade med sig; underkläder, badbyxor, t-shirts, några shorts, ett par jeans och några kortärmade skjortor. Kostym, långärmade skjortor och slipsar hade han lämnat hemma. Han var ju på semester! Han tog en dusch, bytte om till badbyxor och gick ner till hotellets pool.

*

Samtidigt som Göran tog sitt första svalkande dopp, stannade en taxi utanför hotellet.

"Waikiki!" ropade chauffören.

Kjell-Stig hade slumrat till i den varma bilen och vaknade av ropet. Han var stel i nacken av tvärdraget från de nedrullade fönstren och såg sig förvirrat om.

”Detta is not Waikiki..” sa han tveksamt.
”Yes… only Waikiki in Alcudia.”
”Vad i…”
Han betalade chauffören, men var noga med att inte ge honom dricks eftersom han lurat honom med luftkonditioneringen.

Chauffören gick ur bilen, öppnade bagageluckan och släppte väskan på gatan. Kjell-Stig hann knappt ut förrän taxin for iväg med skrikande däck och med chaufförens finger stickandes ut genom sidorutan.

”Otacksamma djävlar” mumlade han. Han tog tag i väskan och började rulla den över trottoaren. Problemet var att väskan inte rullade och han upptäckte att ett hjul saknades.

”Vad fan… när hände det?” Han lyfte upp väskan och bar in den i receptionen.

”I name is Kjell-Stig Håblom, I kom from Hopphults kommun and I have reserved”, sa han myndigt till portieren som stod med telefonluren mot örat.

”Un momento, por favor” svarade portieren, gjorde ett stopptecken och blängde surt.

Kjell-Stig kände hur svetten rann från nacken, längs ryggen, för att till slut leta sig in mellan skinkorna. Under armarna var kavajen genomvåt, slipsen stramade i halsen och den sura svettstanken stod som ett moln runt honom.

”Si… no, no, no… si, si…” Portieren avslutade telefonsamtalet med ett skratt, innan han lade på luren.

”Yes, Mr Opphull” sa portieren, studerade hans våta kavaj samtidigt som han rynkade på näsan. ”What can I help for you?”

”No, I say my namn is Kjell-Stig Håblom från Hopphults kommun, and I have reserv”.

”Aah, Mr Ellstigg Ollom from…” han slog en blick ner i hotelliggaren ”Oppkommun? Yes?”

Kjell-Stig beslutade sig för att inte protestera. Han var dock övertygad om att han hamnat på fel hotell.

”Is Waikkiki Hotel?” frågade han skarpt och pekade runt i lobbyn.

”Oh yes, very much” svarade portieren stolt.

”Is this five star?” envisades han.

”Most very good” log portieren. ”Look…” han pekade på ett papper med fem påklistrade pappersstjärnor på väggen bakom honom. ”My daughter make in school.”

”I'm going to a very viktig conference.”

”Yes…?”

”About Bolivian dancer I Azerbadjan.”

”Eeeh… yes.”

”You know dance?

”Sorry..?”

”Dance? Dance!”

”No, please” svarade portieren och tog ett

försiktigt steg bakåt.

"I'm going to conference!" Nu tänkte Kjell-Stig att han nog behövde visa lite mer auktoritet och höjde rösten.

"Conference... mucho importante".

"In Azerbadjan?" Portieren såg mer och mer förvirrad ut.

"No, här..." han pekade på golvet.

"In lobby?"

"Never mind! Can I have nyckel to my room?"

"Si?"

"Yes? Nyckel. Clave..."

Han pekade på nycklarna på väggen.

Äntligen något som portieren förstod och han räckte fram en nyckel.

"Room 412. And I'm sorry... elevator is kaputt..."

Kjell-Stig gav portieren en blick som borde ha fällt denne till golvet. Han drog sin halta väska längs den slitna heltäckningsmattan till trappan och började bära den de fyra våningarna upp.

fyra.

Att kalla det lyxlägenhet var överdrivet. Den bestod av två små rum och ett litet pentry. Solen strålade in genom fönstret och balkongdörren mot söder. Det var mycket varmt. Han såg sig om, satte väskan på golvet och sträckte sig mot knappen för luftkonditioneringen. *'Solo calor'* stod det på ett handskrivet papper som var upptejpat på reglaget.

"Vad fan betyder det?" grymtade han och vred på knappen. Solo var väl sol? Han hörde lättad hur fläktarna drog igång.

Med en oerhörd kraftansträngning drog han av sig kostymen. Kavajen sög sig fast i armarna på honom och väst och skjorta satt som klistrade över ryggen. Han kände den sura lukten. Han beslutade sig för att ta en dusch innan han packade upp väskan

Vattnet i duschen var halvljummet, men det dög åtminstone. Han stod i den svaga vattenstrålen, sträckte ut handen och fick tag i schampooflaskan. Han skuvade av korken och tryckte ut en rejäl mängd i håret.

Samtidigt som han började schamponera in håret kände han hur det sved i ögonen och hur det luktade... vad? Parfym? Desinfektionsmedel?

Han sträckte sig blint efter handduken och när han torkat ögonen och blicken klarnat, läste han på flaskan: 'limpieza del piso'. Snubblande och med svidande ögon tog han sig snabbt ur badkaret.

"Satan! Satan!" svor han. "Helvetes, djävla.."

Han for ut i rummet där han genast snubblade över resväskan, dråsade omkull och stöp med ansiktet före i golvet.

"Fan!" svor han med blödande näsa.

Det tog några sekunder för honom att inse att det var varmt i rummet. Mycket varmt. Solen lös obarmhärtigt in genom den stängda balkongdörren. Samtidigt strömmade en varm luftström över honom från taket.

"Nu får det väl vara nog" röt han. Han reste sig och slet åt sig resväskan och öppnade den med ryckiga rörelser. Ur den drog han snabbt upp... en blå, kortärmad, sliten skjorta och ett par gråmelerade skrynkliga shorts. Det var allt som fanns i den...

Han lyfte ilsket telefonen på skrivbordet och slog 9:an till receptionen.

'El número no está disponible. El número...'

Med en skräll slängde han på luren. Han drog på den kortärmade skjortan och shortsen, slet upp plånboken ur kavajen och tryckte därefter ner kostym och skjorta i en tvättpåse. Han gick med snabba, bestämda steg ut genom dörren och ner till receptionen.

”I have to ring airport!” sade han ilsket till portieren.

”You leaving?” undrade denne med en hoppfull glimt i ögonen.

”No, I'm not leaving. My racebag is gone at airport.”

”Aha”, sa portieren, ”I will help.”

Han lyfte luren och slog ett långt nummer. Därefter vidtog en mer eller mindre rafflande och snabb konversation på spanska.

Med ett ilsket ’déjalo ir rápido’ lade portieren på luren och vände sig nöjd mot Kjell-Stig.

”They find bag. They will bring here quickly” log han.

”Graci...os” muttrade Kjell-Stig till svar. ”I also want to tvätta kostum” fortsatte han och la tvättpåsen på disken. Portieren tog den försiktigt med två fingrar och sa:

”I fix”.

Kjell-Stig gick mot trappan, men vände sig om halvvägs.

”What is ”limpieza del piso”?

”Eeeh... cleaning...eeh... floor...”

Var fan fick turisterna alla sina frågor ifrån?

fem.

Direkt efter frukost nästa dag gav sig Kjell-Stig ut för att få tag i lite nya kläder. Konferensen skulle starta vid lunchtid och han kände att han på något sätt måste hitta något mer representativt än det han var klädd i.

Nattportieren hade inte haft en aning om vad han pratade om när han frågade efter sin kostym och sitt bagage. Han fick helt enkelt återkomma när ordinarie portier var i tjänst.

I en typisk turistshop hittade han ett par vita linnebyxor, en blommig hawaiiskjorta och en vit hatt. Han såg ut som en plantageägare men det fick duga. Han gick tillbaka mot hotellet för att leta upp konferenslokalen som tydligen skulle ligga i kvarteret sidan om.

I samma stund som han korsade gatan ett halvt kvarter bort, steg Göran ut på trottoaren från hotellentrén. Han hade fått en alldeles utmärkt frukost och skulle nu se sig om lite i omgivningarna. Han slog en snabb blick på trafiken och tvärstannade. Mannen som såg ut som en sydamerikansk gangster och som just korsade gatan, fick Görans hjärta att nästan stanna.

”Nej. Nej, nej, nej” tänkte han. ”Det kan inte vara sant”. Svetten bröt fram på hans panna, samtidigt som mannen med den vita hatten fortsatte bort mot nästa kvarter och försvann genom ett par stora glasdörrar.

Med stapplande steg tog sig Göran bort mot huset där gangstern gått in. Då han kom fram läste han på en liten skylt 'Centro de Conferencias Alcudia'.

”Är det här han håller hus den djäveln?” Göran kände hur yrseln slog till och han satte sig ner på en bänk bredvid ingången.

Under tiden hade Kjell-Stig Håblom råkat i dispyt med två av konferensens vakter vid anmälningsdisken.

”Hör ni inte vad jag säger?” sade han högt. ”Jag representerar kulturförvaltningen i Hopphult och är inbjuden till konferensen!”

”Du grabben... om du så hade representerat Kungen hade du inte kommit in utan pass och inbjudan. Och i dom kläderna...” Den unge mannen bakom disken log och studerade hans färgglada skjorta.

”Nu kräver jag att få prata med någon ansvarig!” skrek Kjell-Stig.

”Fattar du inte? Det är vi! Och nu ska du ut!”

De båda unga männen reste sig upp och Kjell-Stig upptäckte plötsligt att de var mycket större än han först hade trott. De kom runt disken, ställde sig på vars en sida om honom och tog tag i hans armar. Därefter lyfte de helt enkelt ut honom genom dörren.

Han sprattlade för fullt när han utanför dörren plötsligt fick syn på Göran.

"Va fan! Det är ju... Göran! Hej, han där vet vem jag är! Göran! Göran! Berätta för dom här idioterna att jag jobbar för kommunen!"

En av männen tittade på Göran som ryckte på axlarna och skakade tyst på huvudet.

"Ring Policia så vi blir av med den här idioten" sa en av männen till den andre.

Bara några minuter senare föstes Kjell-Stig högljutt protesterande och skrikande 'Göran! Göran! För fan Göran!' in i polisbilen och fördes bort.

En av männen gick bort till Göran och bad om ursäkt för oväsendet.

"Heter du Göran på riktigt?" frågade han.

"Ja" svarade Göran. "Och jag är faktiskt skolchef i Hopphults kommun". Han drog upp sitt pass och ett visitkort.

"Ha! Ha!" skrattade mannen. "Varför hjälpte du inte honom?"

"Äsch, det är en stökig djävel och han är en av anledningarna till att jag tog semester".

"Kom in så kan du ju representera kommunen istället" sa mannen.

"Nja... jag vet inte om jag är så intresserad..."

"Intresserad?" sa mannen leende. "Vem fan är intresserad? Men det är gratis mat och dricka hela veckan... Kom in vetja!"

Göran reste sig, log och gick med honom in.

epilog.

En vecka senare åkte en utvilad Göran hem till Sverige igen. Hans föredrag om *Förtrycket av bolivianska manliga balettdansörer i Azerbadjan* blev en stor succé i hemkommunen. Ingen begrep ett dugg, inte ens Göran själv. Men det blev stående ovationer från både tjänstemän och politiker.

Vistelsen på Mallorca blev en fantastisk tid. Han inte bara åt och drack gratis hela veckan, han fick också massor av nya vänner och hade fickan full av inbjudningar att komma tillbaka.

För Kjell-Stig Håblom blev tiden på Mallorca annorlunda. Han fick resa hem så småningom, men eskorterades till flygplatsen av Guardia Civil med ett tillfälligt rosa pass utfärdat av konsulatet. Han var fortfarande klädd i sina vita linnebyxor, om än något mindre vita, den blommiga hawaiiskjortan och den vita, men något tillbucklade hatten, när han steg ombord.

Vart hans kostym och resväska tog vägen är det fortfarande ingen som vet...

EN
HETS
CHEF
EN

På nätet kan man läsa: "Som enhetschef har man ansvaret för att tillgodose behov gällande kompetens till projekt och utredningar." Svårare att hitta vad som krävs av enhetschefens kompetens...

ett.

I slutet av november var det fortfarande mörkt när klockan var ett par minuter i åtta på morgonen. Det ruggiga vädret tycktes bromsa in själva uppvaknandet av stadshuset och även om det normalt sett gick trögt även andra morgnar, kändes det som om det enda som förhindrade en total kollaps denna dag, var att det var fredag.

Mellan entrédörr och stämpelklocka var det så klart annorlunda, eftersom det gällde att skynda sig fram och stämpla in för att inte missa en enda minut som det gick att få betalt för. Om någon råkade slå in fel siffror och kön stannade upp, blev det plötsligt oro i ledet och det uppstod en hel del stampande fötter och elaka kommentarer.

"Va fan, har du glömt din inloggning igen Stig? Fnatta på nu, de e' en del av oss som måste jobba..."

Överblickande alla som steg in i Stadshuset satt damerna i receptionen. Alla anställda som gjorde misstaget att tro att man inte behövde ta damerna i växel och reception på allvar, blev snart varse om var den egentliga makten fanns. Det handlade så klart inte bara om huruvida dessa damer hälsade på personalen eller ej när de steg in i foajén - de flesta blev ignorerde ändå - utan det var mer när det behövdes hjälp med att till exempel boka konferensrum eller ändra svarsmeddelandet i telefonen.

Ett konferensrum kunde plötsligt vara bokat av någon annan om damerna kände att de blivit orättvist behandlade av beställaren.

En stund senare genomförde enhetschef Roger Smyk sin märkliga ritual när han kom fram till stadshusets entrédörrar. Han saktade farten precis innan han skulle trampa på gummimattan som låg över kännaren till den automatiska dörröppnaren. Därefter gjorde han ett hopp framåt på ungefär en halvmeter. Dörrarna öppnades och Smyk steg in i foajén.

Anledningen till denna ritual var att han, första dagen som de automatiska dörröppnarna hade installerats, av någon anledning inte haft tyngd (eller utstrålning som en del menade) att utlösa öppnaren och brakat in i glasdörren med näsan före, med blodvite som följd.

Det var förvisso mer än tjugo år sedan man bytt system och kännarna under gummimattorna var numera utbytta till samma typ av rörelsesensorer ovanför dörren som man hade i varje Konsumbutik med självaktning. Faktum var att gummimattorna också var utbytta till smutssamlande textilmattor, men det enda Smyk irriterade sig på var den sämre studseffekten.

En fördel med att vara enhetschef var i alla fall att man varken behövde stämpla in eller ut. När Smyk väl tagit sig förbi dörrarna och kom in i foajén, gick han därför direkt bort till hissen för att åka upp till sitt kontor en våning upp. Att han inte hälsade på damerna i receptionen var en självklarhet. Va fan... han var ju enhetschef!

Normalt sett var han inte så här tidigt på jobb - klockan var bara kvart i nio - men idag var det en speciell dag. Redan klockan tio skulle han ha det första medarbetarsamtalet med sin personal och han var mycket noga med att alltid vara i god tid. Han kom visserligen undantagslöst försent till alla möten, men intentionen fanns där åtminstone.

Strax efter Smyk steg Räddningstjänstens chef, Sverker Land, in genom entrén. Sverker var lång, fräknig och hade en ostyrig röd kalufs. Han gick allmänt under smeknamnet "Sverker Brand", ett faktum som han i hemlighet var ganska förtjust i.

En han däremot inte var förtjust i var Roger Smyk. Han förstod direkt att han inte skulle kunna undvika att få en åktur i hissen med honom. Han visste att Smyk bara skulle åka upp en våning, men varje sekund med honom var en plåga. De svala känslorna var i det fördolda besvarade, men Smyk skulle aldrig drömma om att visa det. Han gjorde sig alltid till inför högre tjänstemän, men älskade att prata skit bakom deras ryggar.

"Godmorgon" mumlade Smyk.
"Morrn" muttrade Land. "Jag ser att du fortfarande inte orkar gå upp till första våningen..."
"Jag har just gått sju kilometer hemifrån nu på morgonen" svarade Smyk. "Det tog bara en kvart."
Land lät blicken svepa från Smyks kala hjässa utan en svettdroppe, ner till hans bruna lågskor med lädersulor, som knappast var avsedda för någon längre promenad i vinterväder.
"Du måste ha hittat många genvägar" sade han sarkastiskt.

Roger Smyk hörde till kategorin människor som inte bara brukade framhålla sin egen förträfflighet, utan också gärna överdrev både sina bedrifter och sina kunskaper. Det hade hänt att han gått de fyrahundra meterna till jobb, men det var bara om bilen var på service. Bussen ville han inte ta, han förstod inte riktigt hur de fungerade. Knapparna som man tryckte på när man ville stiga av fungerade aldrig - och det hade hänt att han fått gå två kilometer tillbaka när han gått av fel. Och inte kunde man betala med kontanter längre. Djävla samhälle!

Smyk klev ur på första våningen och sa:
"Ha en bra dag" samtidigt som han tänkte "djävla tönt".
"Detsamma, satans besserwisser" sa Land halvhögt när hissdörrarna gled igen.

två.

Smyk låste upp sitt lilla kontor och steg in. Det var övermöblerat med eleganta vitrinskåp fyllda med idrottspriser han hittat i soprummet. Försiktigt hade han pillat bort de graverade plåtbitarna med vinnarens namn och beställt egna nya och klistrat dit.

Nu var han både Svensk Mästare i korsord och i den japanska sporten Yugikassen, alltså snöbollskrig.

Lagtiteln i Upplandsschottis behöll han som den var, eftersom graveringen satt i själva bucklan och den var så imponerande att han inte ville göra sig av med den.

På rad längs den högra väggen stod inte mindre än tre skrivbord. Han drog in andan och log för sig själv. Han älskade sitt arbete och fylldes av stolthet över sin framgång.

Tänk, han var enhetschef! Hans favoritstunder som chef var förstås när någon nyanställd hade svårt att skilja på enhetschef och förvaltningschef, då svävade han på moln i flera dagar.

Han var en av de mest erfarna cheferna, eller

åtminstone en av dem som varit anställd längst. Samtidigt var han den lägst betalda och hade det minsta kontoret. Då tanken slog honom försvann lite av det goda humöret.

”Dom får skylla sig själv” tänkte han. ”Den dagen jag slutar klarar de sig ändå inte utan mig...”

Han öppnade en av sina fyra datorer och kollade sina mejl. Förutom de vanliga erbjudanden från företag som gärna såg kommunen som kund, fanns även en kallelse från förvaltningschefen till ett möte angående enhetens ekonomi.

”Det är ju för fan om två veckor” sa han högt. ”Hur ska jag hinna det?”

Snabbt öppnade han mappen i datorn där alla hans egenhändigt framtagna ekonomiska redovisningar fanns och sedan öppnade han en annan dator där han förvarade alla fakturor.

Han lät stolen rulla längs skrivborden och öppnade en tredje dator. I den öppnade han en mapp där han förvarade sina egna fakturakopior. Den fjärde datorn lät han vara stängd.

Många undrade varför Roger Smyk hade fyra datorer. Själv förklarade han det med att hans arbete var så avancerat att han var tvungen till det. Dessutom sa han att han var så kunnig att han måste ha det allra senaste för att kunna hänga med i utvecklingen. De flesta visste dock att han var så nära tekniskt okunnig som man kunde komma.

Några år tidigare hade han tillsammans med en kompis skapat ett bokföringsprogram. Även hans kompis saknade teknisk kunskap, men liksom Smyk var han fast övertygad om sin egen förträfflighet. Deras mål var att sälja programmet till kommunens förvaltningar och tjäna grova pengar. Efter ett par tester visade det sig dock att inga räknefunktioner fungerade, så det hela rann ut i sanden.

Han hade dock inga betänkligheter mot att sälja sitt egenhändigt skapade program till sin egen enhet. Han fick sin assistent Signe att beställa det och han sålde det dyrt. Efter det hade han med siffror från sitt eget program lyckats kollra bort tre förvaltningschefer i rad.

Två timmar senare tittade han för första gången på klockan.

"Fan... jag hade ju medarbetarsamtal med den där djävla Signe..."

Han öppnade en skrivbordslåda, tog fram en pärm och gick utan större brådska ut ur rummet. Han kontrollerade noga så att dörren verkligen var låst.

tre.

Samtidigt som Smyk gick iväg till sitt medarbetarsamtal, släntrade Karsten Värn, nybliven enhetschef för underhållsenheten, in i Stadshusets foajé.

Värn tillhörde samma förvaltning som Smyk och hade varit den enda sökande till tjänsten han innehade, varför den dåvarande förvaltningschefen, som blev skjutsad fram och tillbaka till jobbet av Värn, mer eller mindre känt sig tvingad att ge honom den. Facket hade ingenting emot det, vilket berodde på att Värn under många år varit mycket aktiv i densamma.

Med tjänsten följde en lön som var fyra gånger så hög som hans tidigare, så det var inte undra på att han hade svårt att hålla sig på jorden. Sedan han tillträdde tjänsten hade han fått för vana att drälla in vid tiotiden, lagom till en rejäl kafferast innan lunch. Han slutade så klart genast att skjutsa förvaltningschefen.

Värn var närmast att betraktas som 'kort och rund' och han svettades mycket. Hans svarta hår, som en del var övertygade om att det var färgat, var oftast blankt av fukt. Hans rosa skjorta hade svårt att hålla sig innanför linningen och han drog ofta i byxorna för att upptäcka att de omedelbart gled ner under magen igen.

Trots sina kroppsliga tillkortakommanden var han säker på sin egen charms effektivitet, framför allt på de anställda kvinnorna.

"Godmorgon snyggingar!" ropade han till receptionspersonalens damer. Alla sträckte upp sig, vände sig mot honom med ett allvarligt försök till att se glada ut, men återgick till sina tidigare ovänliga uppsyner när de såg vem det var.

fyra.

Förvaltningschef Roland Bengtsson satt i sammanträde med controller Jan Andersson. Till sin hjälp med anteckningarna hade han den tillförordnade nämndssekreteraren, Bianca Sandström.

Bengtssons företrädare hade fått sparken för att till ett mycket lågt pris köpt tre begagnade kommunala snöplogar till sig själv - och sedan sålt dom dyrt. Han hade dessutom gett Karsten Värn en chefstjänst, vilket innebar att hans popularitet sjönk både snabbt och dramatiskt.

Bengtsson var 46 år, kortväxt, tunnhårig och bördig från Eskilstuna. Han hade fått jobbet som förvaltningschef på grund av att han faktiskt var kompis med den tillförordnade kommundirektören.

Nu var Bengtsson minst sagt irriterad på Andersson. Av olika anledningar hade han inte slutfört halvårsrapporten för Smyks enhet.

"Vad är anledningen till att den inte är klar?"

frågade Bengtsson med sin släpiga röst.

"Ja... jo... det är liksom Smyk... som..."

"Smyk!?" undrade Bengtsson ilsket. "Han är väl inte contrååluer?"

Bengtsson föredrog att använda alla engelska uttryck på god engelska, eller i alla fall så nära hans dialekt tillät.

"Men han har sagt att det bara är han själv som förstår sig på dom..."

Contrååluer Andersson var nu blossande röd från halsen till pannan.

"Det är möjligt att jag inte begriper det", sa Bengtsson skarpt, "men fan om jag skulle erkänna det för Smyk. Jag har kallat honom till ett möte om två veckor, då ska du ha hunnit gå igenom det också."

Andersson drog en knappt märkbar suck för tidsfristen han fått.

"Nu till en helt annan sak" sa Bengtsson. "Smyk går ju i pension om tre veckor..."
Andersson såg genast lite gladare ut.

"Ja, ja, vi ser alla fram mot det", fortsatte Bengtsson, "men även om vi klarar oss utan honom, så måste vi ha en ersättare".

"Vill du att jag..."

"Nej för satan Andersson, hur skulle det se ut? Men du kan plocka fram siffrorna på hur mycket vi kan betala för en ny på tjänsten. Det får i alla fall bli mer än vad Smyk har, den lönen lär vi inte få någon för."

Andersson reste sig upp. Han hade ändå klarat sig undan relativt hyggligt.

"En sak till" sa Bengtsson. "Vi får se till att det blir en kvinna på posten, på så sätt gör vi tre flugor på smällen. Du vet ju att dom är lättare att hålla ordning på, och alla som vill ha fler kvinnliga chefer blir glada. Och det blir fan så mycket billigare".

I hörnet harklade sig nämndssekreterare Bianca Sandström högt.

"Ska jag ta det sista till protokollet?" Bengtsson vände sig mot henne.

"Nej för fan", svarade han oberört. "Det är helt onödigt".

fem.

Signe Janson satt tålmodigt i det lilla samtalsrummet och väntade på sin chef. Hon hade varit anställd på kommunen sedan hon var 15 år och efter 30 år med Smyk som chef förväntade hon sig inte att han skulle vara i tid.

Somliga människor lär sig efter många år i offentlig tjänst att utveckla ett sätt att bara sitta rakt fram och inte göra någonting, men hos Signe var denna talang medfödd. Under åren hade det varit många medarbetare som undrat om hon levde, när hon suttit stilla och stirrat på datorskärmen i en kvart.

"Lever?", svarade hon alltid vresigt som om hon hade blivit väckt. "Klart att jag lever, jag jobbar ju med tomma muggar ser du väl!"

Frågeställarna såg oftast lite förvånade ut.

För Smyks del var Signes största fördel att hon hade svårt för matematik. Hennes brister i alla räknesätten var en sak, men fördelen för Smyk var att hon hade ännu svårare med sannolikhetskalkyler. Hon hade lite problem med att se mekanismen bakom att man fick mer tillbaka på en femhundralapp än en hundralapp när man handlade för 19:90. Å andra sidan hade hon blivit ganska skicklig på att använda miniräknaren, så han var alltid försiktig när hon hade den i närheten.

Dörren slogs upp och Smyk dundrade in.

”Ja, det blev lite... dom hade... he, he!” sa han mest till sig själv. Han satte sig ner på en stol mittemot Signe och slog upp sin pärm.

”Jaha”, sade han hastigt, medan hans blyertspenna gjorde några otydliga streck i ett diagram på papperet, ”Vi kan inte prata löner eftersom det inte finns några pengar”.

”Är det här ett arbetarsamtal eller ett lönehöjarsamtal?” undrade Signe och försökte låta bestämd, vilket bara fick henne att låta ilsken. Oavsett hur hon pratade lät det alltid som om hennes mandlar var för stora.

”Jodå”, svarade Smyk.

Han förblev tyst och fortsatte att bläddra i sin pärm. Plötsligt stannade han vid en sida och tittade hastigt upp på henne.

”Just det ja... eeeh... jag hade tänkt att du skulle bli samordnare på din avdelning”.

Signe sträckte hastigt på sig. Samordnare! Hon såg framför sig en kraftigt höjd lön, ny mobiltelefon och framförallt en större nyckelknippa. Kanske hon till och med skulle få ett eget lösenord till sin arbetsdator? Det här hade hon drömt om ända sedan hon blev anställd.

"Vem blir jag samordnare över?" undrade hon och fnittrade lite.

"Ja, nu är ju du ensam på din avdelning, så vi får kanske ta in någon från administrativa? Vad tror du om Bianca ?"

"Jodå" flinade Signe och nickade energiskt. "Hon är en riktig switch och behöver verkligen samkopplas lite..."

"Ja, det var väl allt" sa Smyk utan att lyssna på henne. "Då skriver du ner att vi haft det här samtalet?"

"Hur blir lönehöjdaren som samordnare då?" undrade hon.

"Ja... du får bestämma själv. Men håll dig under femtusen".

"Femtusen" tänkte hon överlycklig. I många år hade hon drömt om att få en löneökning på tvåhundra kronor!

"Jaha... eeeeh, är tvåhundra kronor ok?"

"Ja, det ordnar sig" svarade Lilja och gled på hala lädersulor snabbt ut ur rummet.

Nyutnämnde samordnare Signe log så att tandköttet och alla hennes stora tänder syntes. Hon hade blivit chef och det här var den lyckligaste dagen i hennes liv!

Sex.

Knackningen på Bengtssons dörr var uppfordrande. ”Mmmm...” mumlade han.

Dörren öppnades och Karsten Värn steg in.

”Det får gå fort” sa Bengtsson skarpt när han såg vem det var. ”Jag har en anställningsintervju om ett par minuter”.

”Det är lugnt” svarade Värn. ”Den kan jag vara med på.”

”Varför skulle underhållningsenheten...”

”Underhållsenheten”. Värn såg stött ut.

”...vara med på en anställningsintervju?”

”För att jag kan processen” svarade Värn. ”Dessutom har jag ju facklig erfarenhet.”

Innan Bengtsson hann fråga vad de erfarenheterna bestod av, avbröts de av en ny knackning. Värn reste sig och öppnade dörren.

”Välkommen! Kom in!”, sa han till kvinnan som stod utanför.

”Tack” sa hon leende. ”Jag heter Emilia Malmgren och skulle vara här på anställningsintervju.”

”Kom in” sa Bengtsson och reste sig så hastigt att stolen rullade bakåt och med ett brak träffade arkivskåpet i plåt. Hans blick fastnade vid kurvorna av hennes väl tilltagna barm och det var tur att han inte snubblade över mattkanten.

"Kom och sätt dig", sa han och drog ut en stol.

Värn kunde inte heller låta bli att stirra på henne. Visst hade hon en extra knapp uppknäppt? Eller inbillade han sig bara? Den gick kanske inte att knäppa? Herrejesus...

"Hej, jag heter Karsten" började han "och Roland här är inte bara min chef utan även min vän och..."

"Tack Värn!" avbröt Bengtsson skarpt. Han harklade sig, gav Värn en varnande blick, rullade tillbaka stolen på plats och satte sig. Emilia såg lite förvirrad ut och vände sig mot Bengtsson.

"Ja, jag har läst din ansökan", sa han "och vi skulle vilja anställa dig".

"Ojdå" sa Emilia. "Det gick fort!".

"Jag... vi tror att du skulle passa mycket bra in i organisationen. Jag såg ju dina foton på Tind... jag menar ditt CV i din ansökan. Som du vet går ju din företrädare Smyk i pension om några veckor, så det hade varit bra om du kunde börja redan imorgon?"

"Ja, vi tror att du skulle kunna bli mycket populär här" flinade Värn och rullade med ögonen medan de fastnade djupt i kurvorna. Emilia vände sig mot Värn och skulle just le mot honom när... tamejfan blinkade inte den djäveln åt henne?

"Ja, tack då" sa Bengtsson hastigt. "Då ses vi i morgon bitti? Klockan nio?"

De skakade hand och Värn, som den gentleman han var, följde med för att visa henne ut till hissen.

sju.

Stämningen i det lilla konferensrummet var spänd. Hela förmiddagen hade Smyk varit där och krånglat med sina tre laptops och projektorn. Det var inte förrän tio minuter innan sammanträdet skulle börja som han hade lyckats få bild från projektorn. Bilden var sned, liten och suddig och man kunde endast med stora svårigheter läsa några siffror på duken. Han förstod inte vem som förstört den?

När sammanträdet startade satt enhetschef Smyk, förvaltningschef Bengtsson, contrååluer Andersson, sekreterare Sandström, samordnare Signe Jansson och den blivande enhetschefen Emilia Malmgren i rummet. Inbjuden var också Karsten Värn, mest för att 'den lille djävla sprätten' skulle få lära sig något' som Bengtsson uttryckte det. Ingen var förvånad över att han inte hade kommit ännu.

Smyk började med att förklara att någon hade förstört projektorn, som för övrigt var hans egen privata, och att förvaltningen nu var tvungen att köpa en ny till honom.

Alla såg irriterade ut över tanken på att någon satt förvaltningen i skuld till Smyk.

"Har du haft din privata projektor stående i konferensrummet?" frågade Bengtsson.

"Jo...ha, men man vet ju hur... ha...eeh..." mumlade Smyk.

"Ja börja du Roger", sa Bengtsson. "Det går säkert bra ändå".

"Lätt för dig att säga" tänkte contrååluer Andersson. "Du var inte med förra gången..."

Smyk lät bilderna fladdra och växlade snabbt mellan tabeller, redovisningar och förklaringstexter fram och tillbaka, medan han hela tiden mumlade otydligt och osammanhängande. Redan efter tio minuter ångrade Bengtsson sina ord. Han fattade ingenting.
När någon ställde en fråga om några siffror svarade Smyk:
"Nä, de hör till den andra redovisningen. Den här redovisningen är aktuell eftersom den är budgeterad med utgångspunkt från den som är rätt. De här siffrorna är nya eftersom de kommer från min egen redovisning som är avstämd mot sammanställningen. De ackumulerade siffrorna är däremot kalkylerade efter de andra tabellerna."

"Eeh, jaha..." Bengtsson visste inte vad han skulle säga. "Stämmer det här Andersson?"

Andersson hade hoppats få slippa några frågor, men nickade.

"Det är precis som Roger säger. Siffrorna är redovisade i ... tabeller."

Plötsligt öppnades dörren och Karsten Värn klev in. I samma stund som allas ögon riktades mot dörren passade Smyk på att byta till kommande års budget, som allra överst hade ett stort rött underskott.

"När det gäller kommande år..." började han.

"Det är ju för fan ett ingående underskott på sex miljoner" sa Bengtsson förvånat.

"Jo, men. Ja, det har jag ju sagt hela tiden."

Smyk kände att han var på säker mark nu. Han var säker på att han ännu en gång hade lyckats manipulera dem. Nu behövdes det bara att Signe ställde en som vanligt ovidkommande fråga, så var det klart.

Detta var inget de hade kommit överens om, utan någonting som Signe alltid tyckte att hon hade rätt till. Hon kunde helt enkelt inte lämna ett möte utan att ställa en fråga och det blev alltid en som bara hon själv förstod.

Hon satt lojt tillbakalutad och såg ut som om hon sov och Smyk började bli orolig. Men plötsligt satte hon sig rakt upp och pekade på den suddiga bilden på projektorduken.

"När det gäller utgifterna för personalfesterna så beundrar jag bara en sak. Varför är de längre ner än förra året?"

Bengtsson gav henne en frågande blick.

"Vad jag menar", fortsatte hon "är att jag har en känsla av att du försöker föra oss bakom hjulet".

Smyk såg allvarlig ut, men inuti jublade han. Han var säker på att Bengtsson inte skulle orka med en sådan fråga till.

Mycket riktigt, Bengtsson avbröt det hela. Han kände att han var tvungen att komma därifrån. Den här röran kunde ekonomiavdelningen få reda ut. Eller Smyks efterträdare.

"Ja, det räcker väl så här" sa han. "Bra jobbat Roger. Vi ses på din pensioneringsdag i nästa vecka".

"På tal om min pensionsdag" sa Smyk lågt till honom när han var på väg ut. "Jag förmodar det är ok att ta ut ett extra anslag för kostnaderna för den dagen?"

"Hur mycket hade du tänkt dig?"

"Tja, vad sägs om... eeeh... en tjugofemtusen?" sa han lågt. "Det blir ju minst två sorters smörgåstårta. Och både Ramlösa och lättöl", tillade han snabbt.

Bengtsson låtsades se förvånad ut. Han gav

fullständigt fan i vad det kostade, bara de blev
av med honom.

"OK då, men försök hålla dig till det."

"Det ordnar sig" svarade Smyk.

åtta.

Äntligen! Hela huset jublade! Enhetschefen skulle pensioneras! Den enda som inte var munter var Smyk själv. Han hade legat vaken nästan hela natten och bekymrat sig för sin arbetsplats. Han var säker på att de inte skulle klara sig utan honom.

I det lilla konferensrummet - märkligt nog hade han han blivit nekad att använda den stora fullmäktigesalen på Rådhuset - hade fem av förvaltningens anställda samlats för avtackningen. På bordet stod fem stora smörgåstårtor med lax, skinka, ost, räkor och mögelost. Ett femtiotal papperstallrikar, plastbestick, plastglas och blommiga servetter var uppdukat.

Under bordet stod sex backar med Ramlösa och lika många med lättöl. I hörnet tronade fyra stora gräddtårtor och femton stora termosar med kaffe.

Det hela kompletterades med ett flaggspel i taket med engelska flaggor. Det hade inte funnits några svenska kvar i kvartersbutiken, men om någon frågade hade Smyk redan en historia klar om sin anglosaxiska bakgrund.

Förvaltningschefen hade också infunnit sig, medan kommundirektören meddelat att han tyvärr var upptagen. Bara det faktum att han meddelat sitt förhinder - förvisso genom sin sekreterare, men ändå - gjorde Smyk stolt. Det visade hur viktig han var - hade varit - för arbetsgivaren.

Bengtsson försökte klinga i plastglaset med plastskeden och harklade sig.

"Ja, du Roger. Du har ju varit anställd i många år och på många sätt bidragit till enhetens ... ja, till enheten. Jag vill härmed önska dig lycka till i fortsättningen."

Alla höjde sina plastmuggar och skålade i Ramlösa, medan Smyk tog en stor bit smörgåstårta och la på sin tallrik. Sin vana trogen stoppade han en rejäl bit i munnen innan han började prata.

"Hrmf...ja...glufs...tackar", svarade han med munnen full. "Ta nu för... erk... så länge det..."

Bengtsson stod fortfarande upp och fortsatte.

"Vi vill på detta sätt tacka dig med denna lilla present...vill du hämta den Bianca?"

Bianca reste sig och gick mot dörren. Nyutnämnde samordnare Signe Jansson såg förvånat efter henne, reste sig sedan snabbt som blixten och var framme vid dörren innan någon hann reagera.

"Ett ögonblick lilla vän", sa hon lågt till Bianca när de kom utanför. "Det där är min uppgift som chef".

"Chef..?" Bianca såg undrande ut samtidigt som hon gick fram och lyfte på en duk som hade dolt en golfvagn.

"Den där tar jag hand om" sa samordnare Signe bestämt. "Du kan gå in och sätta dig igen".

Bianca gick förvånad tillbaka in i konferensrummet och ryckte på axlarna som svar på Bengtssons frågande blick.

Utanför slet Signe med att fälla ut hjulen på vagnen, men lyckades inte.

"Hur fan kan man köpa en golvvagn med punktering?" mumlade hon. Till sist bestämde hon sig för att bära in den. Den var tung, vilket berodde på att förutom att själva vagnen vägde några kilo, så innehöll bagen ett helt klubbset och en massa annan utrustning.

"Här kommer jag med en hel golvutrustning till dig" pustade hon glatt när hon satte ner den framför Smyk.

"En vad? Jaha. Men varför...?" undrade han.

”Du har ju berättat att du är en duktig golf-
spelare...” började Bengtsson.

”Det är ju snart sommar också och molnen
mojnar snabbt på så det blir lättare att serva”,
tillade Signe med ett skratt.

Bengtsson gav henne en blick som var mer
förvirrad än irriterad över avbrottet.

”...så vi tänkte att nu när du får tid...” Han
tystnade när han såg att Smyk drog upp en
klubba från vagnen och förundrat studerade
den.

”Jag tror jag tar en bit smörgåstårta till” sa
Bengtsson hastigt. ”Den här med mögelost är
förvånansvärt ...”

Smyk stirrade på golfklubban medan han
undrade vilket som var upp och vilket som var
ner. Han undrade också hur han skulle ta sig
ur detta. Det var sant att han hade sagt att
han hade 2,0 i handicap... men ändå.

”Ja... då var vi väl klara med detta”, sa
Bengtsson hastigt. ”Nu får du ha det så bra
som pensionär Roger.”

”Jadå, det ordnar sig” svarade Smyk, sam-
tidigt som han började kolla vad som fanns i
golfbagens alla fickor. Plötsligt skrattade han.

”Ha!” sa han högt. ”Tänkte väl också att det
var någon som skämtade med mig. Det finns
ju bara en handske...”

Bengtsson såg lite skrämd ut då han läm-
nade rummet.

nio.

S enare på eftermiddagen denna sin sista arbetsdag, satt Smyk och tömde sina datorer på allt innehåll. Samtliga dokument och handlingar från bokhyllan hade han redan malt ner i dokumentförstöraren och förpassat till soprummet. Ingen skulle få nytta av hans kunskaper.

Innehållet i datorerna raderades och hårddiskarna skruvades loss och slogs för säkerhets skull i småbitar innan de också förpassades till soprummet.

Alla programvaror som fanns på avdelningen, stoppades ner i de många facken i golfbagen. Han tänkte ta allt med sig hem för att så småningom komma igång med sitt eget företag.

Han bar ner de resterande smörgåstårtorna och satte dem på golvet i baksätet på sin bil. Gräddtårtorna staplades i framsätet och de resterande backarna med Ramlösa och lättöl gick han ut och sålde till personalrestaurangen. Ingen glädje med att låta något förfaras.

Någon hade visat honom hur man fällde ut hjulen på golfvagnen och han tänkte att han kanske skulle börja spela golf ändå, nu när han hade utrustningen.

"Hur svårt kan det vara?" tänkte han. "Jag får väl träna lite på gräsmattan där hemma tills jag kommer ner i de där 2 i handikapp, sedan kan jag ju utmana stropparna här på jobb."

När han var klar med att undanröja alla spår efter 47 år på samma arbetsplats, rullade han ner golfvagnen i garaget. Först försökte han lägga den i bagageutrymmet som den var, men den fick inte plats. Sedan försökte han fälla in hjulen igen, men lyckades inte.

"Fan", tänkte han. "Klart att kamaxeln skulle gå av nu".

Han var införstådd med att han skulle få gå hem och han muttrade lite när han steg ut genom porten och såg att det föll ett ymnigt snöfall. Han såg sig om för att försäkra sig om att ingen såg honom och började därefter mödosamt att rulla vagnen uppför nerfarten till garaget.

Han halkade flera gånger i sina sommarskor, men lyckades till slut ta sig upp. Med snö som la sig sakta men säkert på flinten, började han vandringen hemåt.

Han bekymrade sig inte speciellt över själva promenaden, det var ju inte så långt i verkligheten. Han var dock lite bekymrad över hur han hemma skulle förklara sin avskedspresent.

Bilen brydde han sig inte så mycket om. Den kunde han hämta om en vecka eller så när han ändå skulle ner i stan. Den stod säkert och skyddad i det varma garaget.

På söndagen hade förvaltningschef Bengtsson varit inne en runda på kontoret och när han vid 20-tiden skulle köra hem, stannade han och sniffade innan han hoppade in i bilen. Han förstod att han började bli gammal, för han kunde ha svurit på att det luktade gamla räkor i garaget...

EN BRO TILL VEN

Det finns sju huvudtyper av brokonstruktioner: balkbroar,
konsolbroar, bågbroar, hängbroar, snedkabelbroar,
fackverksbroar och valvbroar. Vilken som är vilken? Ingen aning.

Ordet *casino* är i alla fall italienskt och betyder 'litet hus'.

prolog.

Klubban var tung och kommunfullmäktiges ordförande hade kommit upp i åldern när styrkan inte alltid räckte till. Klubban var svår att lyfta, men fördelen var förstås att fick hon bara upp den en bit, så blev ljudet från klubbslaget tillräckligt högt och respektingivande. Eller åtminstone så högt att om inte alltför många pratade just då, så hörde alla det.

I salen satt vice ordförande i Byggnadsnämnden och hade redan börjat blunda. Ämnet som diskuterades hade ältats i över ett år och han var ganska trött på det vid det här laget. Strax innan ordföranden lyckades lyfta klubban tillräckligt högt slöt han ögonen och somnade som ett barn.

Kommunfullmäktiges ordföranden hoppades att ingen såg att hon använde båda händerna för att få upp klubban tillräckligt högt.

"Poff" sa det lite lätt när den landade.

Beslutet att tillåta en etablering av ett kasino på Ven och byggandet av en bro ut till ön, var taget.

ett.

U tanför Rådhuset hade tusentals människor samlats. Några för att protestera och några för att jubla.

Lokalreporter Klas Föller, som mer än lovligt irriterad hade fått lämna träningsmatchen på Idrottsplatsen, försökte ilsket ta sig förbi folkmassan men ingen verkade villig att anstränga sig för att han skulle kunna komma fram.

Föller var inte speciellt intresserad av vad som hände i kommunen, förutom hur det gick för hans favoritlag, den lokala fotbollsföreningen BoIS. Han var anställd som lokalreporter och hade ansvar för lokalsidan, både pappers- och digitalupplagan. Det mesta av utrymmet såg han förstås till att det ägnades åt laget.

Nu var han mer än måttligt irriterad eftersom han hindrades av människor som tycktes vara intresserade av beslutet som nyss tagits i fullmäktige.

Till sist var han bara fem meter från kommunstyrelsens ordförande och började högljutt skrika frågor till honom.

”Hur gick det med omröstningen?” skrek han.

”Åt helvete!” skrek oppositionsrådet som plötsligt stod vid sidan av reportern. ”Kom ska jag berätta...” fortsatte han och tog reportern i tröjärmen och började dra honom ut från folkmassan. Kommunstyrelsens ordförande Torstein Sand började ropa efter honom, men ingen hörde ett ord i oväsendet.

Oppositionsråd Nils Carlsberg drog iväg med reportern över torget och formligen knuffade in honom i en parkerad Volvo. Carlsberg var inte så storväxt och ingen hade någonsin föreställt sig den styrka han tydligen besatt.

”Va fan...”protesterade Föller. ”Jag har bråttom och måste tillbaka till Idrottsplatsen. Jag har minst sju artiklar att skriva om BoIS idag!”

”Det hinner du” sa Carlsberg, medan han snabbt tog sig runt till förarsidan och hoppade in i bilen. ”Jag kör dig...vad sa du?...sju?!” Han knep ihop ögonen och kisade undrande på sin passagerare.

”Ja, du vet ju att nyheter om vårt älskade fotbollslag är de viktigaste som finns. Och nu när vi alla bestämt att vi ska vinna serien i år...”

Oppositionsråd Carlsberg gav honom en undrande blick, skakade på huvudet och körde ut i trafiken.

två.

Filip Gregerhoff, 34-årig jurist och dessutom företagsledare i byggbranschen, satt bakom sitt exklusiva italienska skrivbord i mahogny. Fötterna hade han som vanligt lagt upp på skrivbordet, men det var inte så mycket för att det var bekvämt, utan mest för att alla skulle kunna se hans fantastiska (och dyra!) italienska loafers i äkta krokodilskinn.

Hans mörkgrå Kitonkostym var så klart oklanderligt välpressad och trots den dyra klädseln såg han avslappnad och nästan lite vardaglig ut. Kanske berodde det på att han satt med kavajen uppknäppt (så att man såg hans Etonskjorta och matchande slips). Å andra sidan var han van vid den exklusivare stilen och skulle aldrig kunna tänka sig att visa sig i en kostym som kostade mindre än 40 000 kronor.

Han var vältränad tack vare ett eget välutrustat gym i källaren och var byggd som en före detta rugbyspelare. Håret var mörkt, bakåtkammat och krulligt i nacken. Det innehöll alla de dyraste och mest väldoftande produkterna på marknaden.

Hans överdrivet stora kontor på Norr Mälarstrand i Stockholm, hade panoramafönster som gav honom en fantastisk utsikt över Riddarfjärden. Kontoret var inte bara inrett med dyra kontorsmöbler, utan även en hel del övrig lyx.

Mot ett av de stora panoramafönsterna fanns en ljudisolerad box på 40 kvadratmeter byggd av insynsskyddat glas. Boxen var inredd med en jättelik säng, ett par fåtöljer, ett skrivbord och en bardisk.

Här kunde Filip dra sig undan för att både vila ett tag och övernatta på kontoret när så behövdes. Från insidan av boxen kunde han, utan att synas, se ut på kontoret och på så sätt hålla reda på både anställda och besökare.

Det tog inte lång tid för honom att upptäcka en annan fördel med boxen. När Erika, hans 23-åriga sekreterare, var på humör att följa med honom in i glasrummet, var ljudisoleringen en klar fördel.

Erika var minst sagt högljudd under akten, men även om den övriga personalen visste vad som hände, hade ingen någonsin hört eller sett något.

Interntelefonen burrade till.

"Jag har ditt besök, Ingrid Eckerholm, här", viskade Erika lågt .

"OK. Visa henne in".

"Inte för mycket grejande i hemligrummet nu" fortsatte Erika och lyckades sänka rösten ytterligare. "Jag tror fru Eckerholm skulle kunna passa herr Gregerhoff..." Erika la på luren med ett litet fniss.

Filip log för sig själv. Han visste vad hon menade, han hade vid ett kort möte träffat henne för några månader sedan.

In genom dörren steg Ingrid Eckerholm, 36, expert på plan-och byggrätt på Eckerholm och Berins Advokatbyrå. Hon var både vacker och ytterst välklädd i en röd kort klänning från Gucci, helt i Filips smak. För tillfället var Filip dock inte intresserad av Ingrid Eckerholm mer än som expert på plan- och byggrätt.

Han stod upp och hade knäppt kvajen när hans advokatkollega steg in. Med en elegant rörelse tog han hennes hand och gav henne en fjäderlätt handkyss.

"Välkommen" sa han och fick ett "tack", ett leende och en skälmsk blick från hennes gröna ögon.

"Det är väl lika bra att vi börjar med en

gång?" sa Filip, samtidigt som han ledde henne fram till den mystiska glasboxen.

Ingrid hade vid ett tidigare hastigt besök sett boxen utifrån, men egentligen inte förstått vad det var. Hennes gissning hade varit någon form av datarum, men när hon såg inredningen blev hon något överraskad.
"Ojdå" sa hon. "Det här var oväntat..."
"Här kan vi prata ostört och utan att någon ser eller hör oss" sa han, medan han gick fram till bardisken.
"Något att dricka?"
"Varför inte?" log hon. "Ett glas champagne går ju alltid ner, tack." Hon satte sig ner i en av de bekväma fåtöljerna och lade sina långa ben i kors med en mjuk rörelse som inte alls var oavsiktlig.
"Bollinger?" undrade han och fick en godkännande nick till svar.

Ur champagnekylen tog han ut en flaska och skruvade elegant av förslutningen. Det eleganta ploppet när korken lossnade gav honom ibland lite rysningar. Nu gjorde han också vad han kunde för att ignorera det eleganta ben och den myckna hud som plötsligt avslöjades framför honom.
Det skulle bli svårt, men mötet var alltför viktigt för att förstöra det för en stunds lek i den stora sängen.

"Nå, hur har det gått?" undrade han medan han serverade.

"Jag har lyckats få loss strax över 100 ha" sa hon medan hon tog emot glaset. "Tillräckligt på fastlandet och resten på ön".

"Mer än vi hade hoppats alltså", log han.

"Ja, eftersom jag lyckades få tag i…"

"Stopp!" avbröt han hastigt. "Ja, förlåt men jag vill inte veta hur du gjorde. Det är bäst så."

"Det är klart" sa hon allvarligt.

"Jag tror vi kan lyckas överraska de boende på den där lilla ön utan att jag figurerar i pressen. Du vet att jag gärna håller mig i bakrunden." sa han. "Skål" fortsatte han och medan hon såg upp på honom lät han blicken vandra längs hennes slanka ben.

Hon tog en liten klunk av den utmärkta champagnen. En liten droppe satte sig på överläppen och hon lät tungan försiktigt slicka bort den. Gregerhoff drog försiktigt efter andan när hon samtidigt fäste de gröna ögonen i hans.

Det verkade som om den här delen skulle bli mycket svårare än han hade trott.

tre.

Carlsberg var upprörd. Han hade parkerat på City Gross parkering och glodde skarpt på lokalreporter Föller.

"Tycker du det är ok att bygga ett kasino på Ven?" undrade Carlsberg. "Tycker du det?"

"Nu brukar det ju vara jag som ställer frågorna och politikerna som sva..." började Föller.

"OK. Fråga då. Fråga mig då!" uppmanade Carlsberg irriterat.

"Jaha" sa Föller. "Hur tror du det går mot HIF på lördag?"

"Hursa?" nästan röt oppositionsrådet. "Du kan väl för fan inte prata fotboll i det här läget?"

"Allvar" sa Föller. "Det kommer aldrig att bli ett kasino och en bro till Ven. Inte en chans".

"Hörde du inte när jag sa att beslutet var taget?"

"Äsch" sa Föller. "Det är här i stan... beslutet måste tas i regering och riksdag också."

Carlsberg rynkade lite på ögonbrynen och gav Föller en undrande blick.

"När läste du tidningen senast?"

"Jag läser väl inte tidningen" svarade Föller med ett leende. "Jag skriver ju en själv om du inte visste det".

Carlsberg slöt ögonen och visste inte riktigt hur han skulle tackla det hela.

"Dom tog beslutet i går" sa han tyst.

"Vad säger du?"

"Jag sa att dom tog beslutet igår!"

"Ja, det hörde jag. Menar du...?"

"Exakt. Dom ska bygga ett kasino och en bro. Nu undrar jag hur du och dina kompisar i pressen tänker reagera?"

"Jag kan ju tänka mig att dom som har hus därute blir glada. Jag menar priserna måste ju stiga rejält..."

"Stopp!" Carlsberg sträckte upp handen och Föller tystnade. "Under din långa karriär som reporter, eller vad du nu är, har du hört talas om byggandet av Nya Karolinska Sjukhuset?"

"Ja, det är klart jag..."

"Känner du till namnet på en av juristfirmorna som var inblandade, Eckerholm & Berin?"

"Nej..."

"Eckerholms namn har plötsligt dykt upp på ett papper i samband med bygget. Hon har tydligen köpt upp 100 ha mark intill Bäckvikens hamn och 2 ha i Borstahusen."

"Borstahusen? Vad ska hon ha den till?"

"Om man tittar på kartan så ligger marken

perfekt till för att förlänga Erikstorpsvägen västerut. Lagom till ett planerat brohuvud."

"Ojdå" sa Föller. "Smart. Då är det sant?"

"Nu har du chansen att skriva ditt livs artikel. Åk nu ner fort som fan och få till lite grävande journalistik! Och för en gångs skull försök att få det rätt!"

Carlsberg viftade att Föller skulle gå av bilen och reportern klev något överraskad ur. Carlsberg startade motorn och körde tillbaka till Rådhuset.

"Fan... vänta, ropade Föller. Du skulle ju köra mig till idrottsplatsen!"

fyra.

Kommunstyrelsens ordförande Torsten Sand stängde av telefonen. Efter halv sex på morgonen hade den ringt oavbrutet. Hur det hade varit efter halv tolv kvällen innan, då han stängt av den - fast han visste att det var olämpligt - hade han ingen aning om.

I tidningen hade han endast läst rubrikerna. Föller visste han inte vilken planet han var född på.

I lokaltidningen hade rubrikerna inte varit större eller svartare sedan varvet lades ner på 1980-talet. På hela första sidan smetade nyheterna ut sig:

BoIS VÄRVAR F.D JUNIOR!
BoIS-STJÄRNA LIDER AV SIN SIDBENA
UTVISNING BÖRJADE MED RÖTT KORT!
DOMAREN KUNDE INTE EN ENDA REGEL!
FÖRLUSTEN RÄKNAS SOM SEGER
Längst ner i hörnet fanns en liten notis:
ÄR VENBRON EN BLUFF?

Klockan var nu strax efter 14 och han tyckte att han behövde en liten paus. I timmar hade han pratat med miljöpartister, försvaret, medlemmar i egna partiet, fler miljöpartister, medlemmar i oppositionen, polisen, pensionärsföreningar och ännu fler miljöpartister.

Några speciellt konkreta frågor ställde ingen, det mesta handlade om "hur i helvete kunde detta ske?".

Ja, hur..? Själv visste han inte. Det gick till och med rykten om att omröstningen hade varit manipulerad.

Manipulerad? Va, fan? I hans kommun? Han hade inte sett det komma, det fanns inga tecken - *inga!* - på att omröstningen skulle gå som den gick.

Någon hade påmint honom om advokat Ingrid Eckerholm, vars namn fanns med på ett kontrakt mellan Eckerholm & Berin och Byggnadsnämnden.

Han visste mycket väl vem advokat Ingrid Eckerholm var. Jodå, hon var snygg som fan men lika elak, smart och förslagen.

Efter en timmes rundfrågning i huset visade det sig att ingen hade en aning om var kontraktet fanns.

Bland folket i Byggnadsnämnden, där hans egna partikompisar huserade, visade det sig att alla var lika frågande. Ingen hade sett det, men någon hade sagt att någon hade berättat...

"Vem?"

"Ääh... ja... jag tror det var..."

Redan efter en timme gav han upp. Antingen var det ingen som visste eller ingen som vågade prata. Nu verkade det som om bara extraordinära åtgärder återstod.

Han tog upp telefonen, satte på den och slog oppositionsrådets telefonnummer.

"Carlsberg, det är dags att ta fram hemliga lådan."

"OK" svarade Carlsberg. Han visste vad det gällde.

*"Det finns en flygplats på landet som heter Viarp,
det är närmare. Vi landar och tar en taxi därifrån."*

fem.

Det 12-sitsiga jetplanet Challenger 650 började sakta gå ner mot Ängelholms flygplats. På 10 000 fot kände Filip Gregerhoff tydligt att planet var på väg ner. Han hojtade på sin kabinvärdinna.

"Vart är vi på väg?"

"På väg ner till Ängelholm" sa hon vänligt och en aning överdrivet pedagogiskt.

"Du behöver inte alls behandla mig som en flygrädd unge. Det måste väl för fan finnas en närmare flygplats?"

Värdinnan såg både rädd och generad ut.

"Jag ska kolla med piloten".

Hon gick snabbt ut till cockpiten, men var tillbaka inom en minut.

"Han säger nej, detta är den närmaste".

Gregerhoff kollade kartan i sin i-phone.

"Det finns en flygplats på landet som heter Viarp, det är betydligt närmare. Vi landar där och tar en taxi därifrån. Jag säger till piloten."

Han reste sig upp, ignorerade kabinvärdinnans förskräckta ögon och stegade fram till cockpiten.

"Vi landar i Viarp istället" sa han skarpt.

"Viarp? log piloten. "Nja, den banan är en aning kort. Vi behöver faktiskt en bit till."

"Jaha, fungerar inte bromsarna eller vad? Nu går vi ner i Viarp och du ser till att stanna planet i tid. Fan ska ta dig om du skadar det, då får du själv betala."

Piloten såg lite orolig ut och sa:

"OK. Men jag kan inte garante..."

Gregerhoff spände ögonen i honom.

"Viarp!" sa han och pekade på honom med cigarren. Han gick tillbaka och cigarröken låg kvar som smogen i Peking.

I cockpiten vidtog nu full aktivitet. Han visste inte hur han skulle förklara att han skulle ändra kursen. Att gå ner i Viarp visste han att han aldrig skulle få tillstånd till.

Men plötsligt kom han på att han kunde säga att han inte *kunde* ändra kursen. Ett fel i hydrauliken gjorde att planet inte gick att svänga, han måste fortsätta rakt söderut.

Efter mycket palaver med Trafikledningen beslutades att både Kastrup och Sturup skulle kontaktas.

Under tiden fortsatte nerfärden. Det var bara cirka 20 miles till Viarp från Ängelholm och han hade bara en chans, sedan skulle han bli upptäckt.

Måtte banan vara fri!

På 4500 fot, knappt 1 500 meter, påbörjade han svängen mot banan. På flygfältets egen radiofrekvens skrek han så otydligt han kunde. Han lade till några ljud som han hoppades skulle uppfattas som radiostörningar:

"M-day! Schkraa... May-! Mayday!"

Banan såg förvisso tom ut, men det var säkrast att varna.

Nu gällde det att gå ner så nära gräskanten det gick. Varje decimeter räknades.

Klaffarna på fullt, hjulen nere och hastigheten så nära det lägsta som var möjligt.

När landningshjulen slog i - 15 centimeter in från gräskanten - reverserade han motorerna och drog i alla möjliga tömmar som gick att dra i. Halvvägs ner på banan visste han att hans licens hängde mycket löst. När det var 100 meter kvar var han plötsligt övertygad om att han skulle dö. När banan var slut fortsatte noshjulet över kanten, men mirakulöst nog endast en halv meter. Planet stod stilla.

I kabinen knäppte Gregerhoff av säkerhetsbältet, tog sin laptop, tittade på den förskräckta värdinnan och sa:

"Vi är framme. Öppna dörren!".

Piloten kom ut ur cockpiten när Gregerhoff stod och väntade på att någon skulle öppna.

Värdinnan kom skyndande och började fumla med dörren. Den gick upp och trappan fälldes ut. Alla flyttade sig så att Gregerhoff kunde komma ner. Väl nere tittade han på noshjulet som sjunkit ner i det mjuka gräset.

Medan han pekade på hjulet tittade han upp på piloten som stod på det översta trappsteget.

"Slarvigt parkerat" sa han.

Han hängde laptopen över axeln och gick ut på Vallåkravägen för att vinka in en taxi.

sex.

Den hemliga lådan var så klart ingen riktig låda. Ärligt talat var det inget fysiskt föremål alls, utan bara ett utryck för den överenskommelse om att gräva ner stridsyxan, när det verkligen behövdes, som kommunstyrelsens ordförande och oppositionsrådet hade gjort.

Det var i princip den enda gången de kommit överens om något. Om någon - oavsett vem av dom - ville ta fram lådan, var det bådas skyldighet att göra allt som stod i deras makt att försöka få fram en godtagbar lösning på ett allvarligt problem.

"Jaha, du Nisse" sa Sand. "Va fan gör vi nu?"

"Ja, om jag det visste. Men att den där Ingrid Eckerholm är inblandad, den saken är klar."

"Ja, du ska veta att hon ringde för en stund sedan och hotade att titta in under eftermiddagen. Hon sa att hon hade ett erbjudande jag inte kunde tacka nej till."

"Men låt oss då höra vad hon har att säga".

"Om jag står på en stege kan jag nog höra genom ventilationstrumman vad ni pratar om."

"Ja, jag tycker du måste vara med" sa Sand.

Carlsberg var lite tveksam.

"Hon blir nog misstänksam om vi är med båda två. Jag tycker jag försöker lyssna från kontoret sidan om istället" sa han. "Om jag står på en stege kan jag nog höra genom ventilationstrumman vad ni pratar om."

"OK då" sa Sand, men såg lite fundersam ut.

Han meddelade sin sekreterare att han väntade besök och om hon ville vara snäll och fixa lite kaffe?

En timme senare meddelade sekreteraren att Ingrid Eckerholm var på väg upp i hissen. Carlsberg gick in i kontorsrummet vid sidan av konferensrummet där stegen stod framställd under ventilationstrumman.

När Ingrid Eckerholm steg in i kontorsdelen var hon klädd i en svart kort klänning och en kort elegant svart skinnjacka. I handen höll hon en påse med kaffebröd.

De hälsade lite avmätt och gick tillsammans in i konforensrummet. Ingrid tog med en överdriven rörelse av jackan och avslöjade en mycket djupt urringad klänning som inte lämnade något åt fantasin.

Ingrid Eckerholm berättade att hon hade

ett affärsförslag till herr Sand och det enda hon ville var att han lyssnade på det.

"OK" sa Torsten och undrade vad mutan skulle innehålla.

Ingrid Eckerholm lutade sig fram över bordet mot honom och sänkte rösten. Plötsligt öppnade både klänningen och hela härligheten sig för honom och han fick lite svårare att koncentrera sig.

Utan att slå en blick i dekolletaget tog han dock en kanelbulle från fatet medan han sa: "Du kan ta hem dina egna bullar igen. Dessa smakar ännu bättre".

Från rummet sidan om hördes ett brak och ett ljudligt "umpf".

Lite senare satt Carlsberg och Sand själv i konferensrummet för att desperat försöka hitta lösningar.

"Vad erbjöd hon dig?" frågade Carlsberg. "Ja, förutom..?"

"Jag är hemskt ledsen, men jag kan inte berätta det och om det dessutom kommer ut att jag tackade nej, finns det risk att folk tror att jag tillhör ditt parti. Och det vill jag inte!"

"OK".

Från rummet sidan om hördes ytterligare ett brak och ett "umpf".

"Det där påminner om ett ljud som alltid hörs när vi har möte i det här rummet" sa Sand. "Kan det vara så?"

"Det har jag ingen aning om" svarade Carlsberg, men undvek att se på honom.

"OK då, vi har ett extra insatt fullmäktige i kväll. Vi måste helt enkelt lista ut vad som hänt och vad vi ska göra åt det."

Några timmar förflöt snabbt med hårt förberedelsearbete inför fullmäktige. När det var dags och kommunfullmäktiges ordförande med båda händerna lyfte klubban, uppstod plötsligt en sällan skådad oordning.

Orsaken till tumultet var vice ordföranden i Byggnadsnämnden.

sju.

Byggnadsnämndens vice ordförande ramlade av stolen när han vaknade. Han for upp från golvet och började banka i bordet och skrek:

"Ni får inte göra så här! Ni får inte göra..."

"Tystnad" ordförandens försök att överrösta församlingen lyckades inte. Hon sträckte sig efter klubban.

"Ni får inte göra så här! Det är vår ö!"

"För fan sitt ner!" sa hans bänkkompis. Alla såg hur ögonen på vice ordförandes klarnade när han satte sig ner.

"Ber om ursäkt" mumlade han. "Förlåt..."

"Djävlar, det måste varit en otäck dröm".

"Du anar inte. Jag drömde att man skulle bygga ett kasino på Ven och en bro ut där."

"En kasino på Ven? Ojdå..."

Vice ordförande torkade svetten ur pannan med en pappersservett.

Bänkkompisen tystnade och lyssnade på debatten ett tag. Sedan tittade han i smyg på Byggnadsnämndens vice ordförande igen.

"En kasino på Ven?" tänkte han. "Fan... det är ingen dum idé..."

epilog.

Om det nu finns någon sensmoral i den här historien, så skulle det kanske vara att man aldrig ska försöka lura våra demokratiskt folkvalda. Vi vet ju att det är deras uppgift att lura oss. Alla vet ju också att det inte blivit något kasino på Ven. Än.

Vad däremot mycket få känner till, är att det på Vallåkravägen, mellan Viarp och Vallåkra, fortfarande springer en ilsken advokat och försöker få tag i en taxi så att han kan komma in till stan.

Vilket håll staden ligger har han ingen aning om, för då borde han redan ha varit framme. Men han är övertygad att han hela tiden springer mot Norr Mälarstrand.

Kör därför försiktigt på Vallåkravägen när du passerar Enoch Thulins flygfält så oroar du inte honom.

Kör du alltid försiktigt så blir förstås ännu fler människor glada.

Traktörer & Direktörer

Direktör
(latin: directoribus)
Direktör är ett varierande yrke. Man kan vara allt från
verkställande direktör till byrådirektör. Det finns dom som kallar
sig teaterdirektörer och dom som är cirkusdirektörer. Eftersom
ordet "cirkus" har synonymer som t ex *röra, bråk, villervalla* och
ståhej, så är det upp till läsaren att här göra vissa egna
bedömningar...

Ostsmörgås
(latin: caseum sandwico)
På internet kan man till och med översätta "ostsmörgås" till latin!
Och förklaringen är läcker: Ostsmörgås = smörgås med ost...

ett.

Det är märkligt hur man ibland - utan att ens leta efter det - hittar likheter mellan två totalt olika saker. I det här fallet handlar det om hur kommunen bytt både sina kommundirektörerer och restauranginnehavare i stadshuset, som en annan byter kalsonger.

Fast att kalla dem restauranginnehavare är kanske lite överdrivet. Innehavare av restauranger brukar som regel anpassa mat och service efter gästernas önskemål. Riktigt så enkelt har det så klart inte varit att driva restaurang i stadshuset.

Här vill jag direkt säga att den kronologiska ordningen ibland bryts i de kommande kapitlen. Inte så mycket, men för att undvika att du sitter och räknar, kollar på nätet och blir allmänt irriterad får du reda på det direkt.

Anledningen är att det blev inte något riktigt "flow" i historien om direktörer och kockar blandades på sidorna och gjorde soppa av allting.

Så nu börjar vi på riktigt.

Efter det att herrskapet Landgren, som framgångsrikt drev restaurangen i stadshuset under många år, gick i pension, tycktes de som var ansvariga ha blivit en aning förvirrade. Istället för att plocka in andra människor som förstod sig på att driva en restaurang, beslöt man sig för att driva den själv.

Man började därför i klassisk svensk demokratisk stil och bildade ett ”matråd”. Ett sådant måste tydligen bestå av en blandning av alla möjliga sorters människor. Mat- eller servicekunniga? Äsch va fan... alla äter väl?
Förutom att dessa anställda visste vad andra borde äta, kan inte en viss bekantskap med de som bestämde uteslutas.

I matrådet satt man sedan några dagar och provåt gratis på olika läckra helfabrikat. Dom som ville kunde stå utanför det inglasade rummet och studera deras mumsande.
Hur dom sedan kom fram till att det var sönderkokt och mosad broccoli som passade bäst till att imitera slottsstek, är det inte många som vet.

En som satt i detta matråd berättade en gång för mig, att i deras familj var man minsann inte rädd för kryddor. Man använde ibland så mycket som fem grönpepparkorn när man gjorde pepparsås! Det är sådana kulinariska högtider som många drömmer om att få uppleva.

Nå, maten tycktes bli därefter och sakta, men säkert, förvandlades restaurangen till en kommunal matsal. Efterhand som förvandlingen skedde, drog folk sig tillbaka och fler och fler tog egna mackor med sig.

Man införde dock en ny rutin: personalen som arbetade med mat var tvungna att ha hygienhandskar på sig. För att utöka säkerheten använde man samma handskar när man räknade upp växelpengar till kunderna.

Det tyckte personalen var bra eftersom man samlade all kladdig majonnäs, leverpastej och baciller på ett ställe. När dom sedan tog av handskarna var fördelen att man blev av med all skit på en gång...

två.

Utanför stadshuset hade kommunen varit förutseende och placerat ut bord och bänkar så att alla kunde njuta av stadshusets vackra fasad, samtidigt som man vilade sina trötta ben. De flesta satt förvisso på andra hållet och njöt av havsutsikten, men icke desto mindre fyllde bänkarna sitt syfte.

Sommartid var det många som på lunchen njöt sina medhavda mackor här, samtidigt som man vilade sina nästan utarbetade kroppar i det härliga solskenet.

Ibland hände det till och med att vanliga människor satte sig på bänkarna. Dessa besökare kallades ibland för invånare, men gick för de flesta anställda under namnet brukare.

En dag hände det sig att två brukare - i det här fallet till och med två missbrukare - satte sig på en av bänkarna precis när stadsdirektören råkade passera på väg in. Eftersom grabbarna (för vi måste erkänna, det var två grabbar) sällan var uppe tidigt, får vi utgå från att det hade gått en bit in på dagen. Eftersom direktören kom samtidigt bör detta faktum också bekräfta vår teori.

"Kolla!" hojtade en av grabbarna, "det är ju stadsdirektören!"

"Var? Var?" sa den andre och såg sig förvirrat om.

"Äsch, det är försent. Han är redan inne i huset."

"Vem va' de' då?"

"De' vete' fan!" svarade hans kompis. "Dom har va'tt nå'ra stycken nu så jag kommer inte ihåg vad han heter".

"Konsti't, du brukar ju kunna allt sånt".

Kompisen blev nästan generad, men erkände:

"Nja, ente allt... men du kan väl osså nåra?"

Kompisen lade pannan i djupa veck och tvekade ett tag.

"Hmmm... nja, jag vet i alla fall att han den däringa Långbänk va' först" sa han efter ett tag.

"Långbänk?"

"Ja, Sten Långbänk..."

"Du menar Steinar? Steinar Langbakk?"

"Stajnar? Va' fan e' de' för djävla namn...?"

"Dom säger det var han som bråkade med Högni..."

"Högni va' en tuff djävel!" sa kompisen plötsligt allvarligt.

"Hur menar du?"

”Ja, han tvätta skjortorna i sån där djävla sockerkaksmix.”

”Jag trodde det var Prädd” sa hans kompis.

”Prädd? Vem fan e’ de’?”

”Nä han tvättade i Prädd och den som gjorde det var Björn Gillberg.”

”Ja, skit samma. Möget försvann. Nu gör man de me grönsaker istället”.

”Grönsaker?”

”Ja... sån där Chilli Bang eller va’ fan de’ heter...”

Nu uppstod plötsligt frågan om vem som var den första riktiga direktören.

”Var det inte Leif Borg?” undrade en av dom.

”Leffe? Ja, det va’ de nock. Men han va’ ju rätt trist. Snäll, men trist. Han gjorde inget större väsen av sig... det va’ ente möed pip där... de’ va’ jämt skägg över hela linjen kan man säga”.

Efter några sekunder förstod han själv hur rolig han hade varit.

”Jämt skägg” flinade han. ”Fattar du? Pip? Jämt skägg...”

”Ja, jag fattar” flinade kompisen tillbaka. ”På den tiden var det inte så mycket liv runt stadsdirektören. Ingen visste vad han gjorde, han var helt enkelt direktör.”

Båda satt stilla ett tag och funderade över livets små krumsprång.

Plötsligt kom en av dom på en sak.

"Vet du om att Leffe när han slutat i kommunen startade ett konsultföretag där han tog uppdrag som...kommundirektör?"

"Va fan säger du?"

"De' va' väl smart? Vad hade du själv gjort om dom hade ringt från Tomelilla och frågat om du ville bli direktör ett tag?"

"Jag hade tatt det direkt!" svarade kompisen högt och med en mycket bestämd armrörelse. "Fast... hellre Ystad..."

"Ja, det tog han de' också. Sen efter ett tag."

De satt tysta i en hel minut.

"Sicken kille..." sa den ene med beundran i rösten.

tre.

Många anställda i huset blev besvikna när man upptäckte att kvalitén på både mat och service sjönk under en acceptabel nivå. Det minskade antalet gäster bidrog så klart till den nedåtgående spiralen och snart var intäkterna så låga och gästerna så få, att till och med de ansvariga på kommunen förstod att det bara var nedläggning som återstod.

Inom den kommunala verksamheten blir det ju vid sådana här händelser inte tal om någon "konkurs". Man lägger helt enkelt ner verksamheten och täcker upp förlusten med skattemedel. Enkelt och effektivt.

Men nu hade någon förvånande nog plötsligt kommit på att man kanske skulle ha restaurangfolk istället för kommunala tjänstemän som drev restaurangen. Vi som stod vid sidan och tittade på, hade så klart ingen aning om hur överenskommelsen med de som drev restaurangen såg ut, men i efterhand har vi förstått att så länge man inte ändrade på konceptet "en matsal ska se ut som en matsal och inte en djävla restaurang" kunde man ha vem som helst.

En i chefsställning påstod att alla färger på första våningen, där restaurangen låg, skulle vara i ursprungsfärgerna orange och brunt och denna bestämmelse påstods också komma från högsta ort. Huset, som var byggt på 70-talet, fick inte ändras i sin karaktär. Sedan denna chef slutat har som tur är de påhittade reglerna slutat gälla.

"Matsalen" fortsatte därför under många år framöver att behålla sitt trista utseende. De nya restauranginnehavarna verkade inte heller riktigt vara på god fot med kommunens tjänstemän.

Rykten florerade om att det handlade bland annat om öppettider, utbud och uteservering. De anställda fick som vanligt inte veta vad som hände... herregud, dom skulle ju bara äta där.

Så gick det som väntat. Verksamheten gick i konkurs och matsalen var plötsligt tom igen.

fyra.

Under tiden rekryterade man som stadsdirektör i Landskrona, Sergio Garay. Han var tidigare socialchef i Linköping.

Lite otur hade han förstås eftersom han blev tillsatt av en socialdemokratiskt styrd kommunstyrelse året innan dom tappade majoriteten i kommunen. Så han åkte ut året efter.

Nu är ju dom här grabbarna inte några större kunder hos A-kassan, så han klarade sig bra även efter detta.

Under sin tid kan man inte påstå att han heller gjorde så mycket väsen av sig.

Lite mer liv i luckan blev det när Peter Billquist tillträdde. Billquist var lite annorlunda så tillvida att han inte kom från kommunaltjänstemannasidan. Att han sen var dubbelt så lång som sin föregångare har kanske mindre betydelse.

I media (och hos de nyss borttröstade socialdemokraterna) verkade man nästan få tuppjuck när en företagare blev utsedd till en kommunal tjänst. Vad vet en så'n om hur man arbetar i kommunen? Det var närmast en skandal!

För att verkligen ta reda på vad invånarna tyckte, gjorde en lokal tidning en "enkät" och av de två tillfrågade var det en som tyckte det var rätt man på rätt plats och för att balansera upp tyckandet var det en som ansåg att han fick alldeles för mycket betalt.

Nu fick Billquist i alla fall uppdraget att utveckla något man kallade "Vägval Landskrona". Resultatet av detta arbete är upp till var och en att bedöma och det finns spaltkilometer att läsa på nätet.

Det totala arbetet tycks ha tagit två år för plötsligt ansåg tydligen både Billquist och den politiska ledningen att arbetet var klart och Billquist sade upp sig.

Ja ha, du... vad gjorde man nu då? Fast det var nog mer invånarna i stan än folket på Stadshuset som bekymrade sig. I ett av de mindre kontorsrummen på översta våningen satt nämligen en man som ständigt var beredd...

fem.

Bland de ansvariga för matsalen hade
man nu bestämt sig för att fixa till en
riktig restaurang. Lite oklart vem som
fixade det. I början på januari 2016 skulle
Erikstorps Kungsgård renoveras och restau-
rangen där passade på att flytta in i stadshu-
set.

Hur det gick till när de "passade på" låter
sig vara osagt, men i dealen ingick troligtvis
att kommunen skulle beställa mat och fika
via restaurangen till konferenser, möten och
liknande. Och om vi bortser från att en ost-
macka gick upp från 20 till 60 kronor så var
det väl ok.

Det hela varade dock bara några månader
tills Erikstorps Kungsgård var färdigrenove-
rad. Sedan blev lokalen i stadshuset tom igen
och under ett år framåt blev det till att ta egna
ostmackor med sig igen.

Under ett helt år diskuterade man på stads-
huset hur man skulle lösa det hela. Hur
många stekpannor som lades i djupa veck är

okänt, men någon större framgång verkade
det inte bli.

Men även inom den kommunala verksam-
heten är ju ett år en lång tid och till sist är det
någon som kommer på det. Oftast någon
annan. I det här fallet var det Erikstorp som
kom på att man kunde passa på att flytta in
igen. Man skrev hyreskontrakt på tre år och
nu blev det genast lite bättre ordning.
Förvisso serverades det plötsligt en massa
överlevande morötter och övervintrad blom-
kål, men kombinerad med nertrampad rams-
lök från motionsslingan fungerade det rätt
bra. Alla hungriga anställda var plötsligt
glada igen.

Men fy vad tre år går snabbt!

sex.

En som antagligen tyckte tiden gick ännu fortare, var nästa stadsdirektör. Om man bortser från tillfälliga anställningar så innehar nog Christer Pålsson rekordet för den kortaste anställningstiden i kommunen. I september 2012 anställdes han och i januari, fyra månader senare, fick han sparken. Många tänkte nog "Jösses, han måste verkligen ha sagt något olämpligt!".

Som vi konstaterat tidigare så är det inte mycket som slår dom här grabbarna på fingrarna, så en månad senare var han kommunchef i Bjuv. Innan han kom till Landskrona var han kommunchef i Bromölla. Fan vet hur de bär sig åt?

Allt detta är officiella uppgifter som man kan hitta på nätet. Men vad många inte känner till är att Christer Pålsson har ett förflutet som skådespelare. Han spelade nämligen Sven Svensson (Dubbel-Sven) i TV-serien Åshöjdens BK från 1985. Serien, efter ungdomsböckerna av landskronapågen Max Lundgren, handlar om en fiktiv fotbollförening i nordvästra Skåne.

Tiden som stadsdirektör i Landskrona blev dock inte ens en stolpträff och Pålsson fick rött kort nästan innan avspark...

Med andra ord så var det återigen dags att tillsätta en ny stadsdirektör. Den här gången hade någon hällt sand i maskineriet för rekryteringsarbetet avstannade helt, åtminstone utåt.

Stefan Johansson var vid tillfället biträdande stadsdirektör, ett jobb han innehaft sedan 1983. Det innebar också att han vid några tillfällen tidigare hade fått hoppa in, eftersom tjänsten som stadsdirektör vid jämna mellanrum var vakant.

Man kan i sammanhanget tycka att man borde ha varit tacksam för att Johansson fanns när han behövdes och kunde åtminstone belönat honom med ett elegant kontor. Av någon anledning hamnade han i någon form av glasbur, där han satt till allmänt beskådande.

Vem vet, kanske borde alla på översta våningen ha suttit i en sådan? När alla ser en kanske man arbetar effektivare?

Den här gången tog rekryteringen lite längre tid. Två år är egentligen skamligt med tanke på kostnaderna. Vanliga människor ute i samhället skämtar ofta om hur trögt det kommunala arbetet går, men verkligheten är än värre.

Men plötsligt stod hon där. Jo, en kvinna, Susanne Öström, f.d. kommunchef i Kristinehamn och Alingsås. I ett tal till personalen berättade hon att hon var medveten om att några stadsdirektörer före henne hade suttit i två år, men att hon hoppades att hon skulle stanna längre.

Efter exakt två år slutade hon i april 2015...

Sju.

an behöver inte vara utrustad med någon livlig fantasi för att föreställa sig hur kommunalrådet öppnade dörren till Johanssons rum.

"Stefan... det är dags igen..."

Den här gången dröjde det inte lika länge innan en ny ledningsorganisation var klar. I media pratade man om att det fanns två kandidater till posten som ny stadsdirektör,

Christian Alexandersson var vd för Landskrona Stadsutveckling AB och tillförordnad utvecklingschef och Stefan Johansson innehade alltså tjänsten som biträdande stadsdi rektör.

Ingen vet egentligen om Stefan Johansson var kandidat till posten, han verkade ju nöjd med tjänsten han redan hade. Och med tanke på hur det hade sett ut på anställningsfronten för stadsdirektörerna, var det kanske säkrast så. Kanske hade morsan rätt ändå... ett jobb på kommunen är "säkert och bra".

Nå, det blev som väntat, Alexandersson blev direktör och Johansson stannade på sin vicepost.

Här förväntar sig kanske många att historierna om Alexanderssons tjänstebilar ska komma upp. Men, näää... det finns tillräckligt många som skrivit spaltkilometer om dessa, så det får vara.

Vad som är annorlunda i det här kapitlet skulle möjligtvis kunna vara att Alexandersson satt dubbelt så länge som sina föregångare. Det tog nästan fyra år innan han slutade som stadsdirektör.

Hans anställning fortsatte i och för sig ytterligare två år med arbetsuppgifter som etableringar och infrastruktur.

I skrivande stund har vi än en gång en kvinna som stadsdirektör, Carina Leffler. Hon tillsattes i oktober 2020, så nu när det gått två år börjar hon kanske bli lite orolig? När du läser detta är hon kanske till och med redan stadsdirektör i någon annan kommun...

åtta.

Så börjar det närma sig slutet. Alla som läst om *Restaurangen vid slutet av universum* i Douglas Adams bok *Liftarens guide till galaxen* förstår vad jag menar.

I boken ligger restaurangen längst fram i den mest avlägsna framtid, där man kan beskåda universums undergång. Och när alla gästerna upplevt hela universums explosion och undergång, öppnar restaurangen på nytt nästa dag...

Ja, jag förstår lika lite som alla andra, men det kan vara den förebilden man haft.

På restaurangavdelningen gick nu Erikstorps avtal ut i oktober 2020 och som vanligt tog det ett tag innan man hittade en ny restauratör till stadshuset. Trots tre års vetskap om att hyresavtalet gick ut, kom det tydligen som en överraskning.

Och ändå gick det fortare än vanligt. Den 1 februari 2021 var det tänkt att Finess Konditori skulle öppna cafe´och restaurang i stadshuset. Dagen innan uppstod dock en vattenläcka i huset och golvet i restauranglokalen stod under vatten. Anledningen var tydligen pappershanddukar som fastnat i ett avloppsrör och orsakat stopp.

Dessa pappershanddukar hade det varnats för i massor av år. På samtliga toaletter i huset fanns det skyltar som berättade att det var förbjudet att kasta pappershanddukar i toaletten. Nå... många anställda i huset tog tydligen detta på samma allvar som man tog förbudet att kasta toapapper i toaletterna på vissa hotell runt medelhavet.
”Äsch... det är bara skitsnack...”

Öppnandet blev nu försenat och portarna slogs inte upp förrän i april. Värre var dock att köttbullarna tydligen redan sjöng på sista färsen och efter endast fyra månader stängde man igen.

Frågan är nu om det framöver kommer att bli lönsamt att stå utanför stadshuset och sälja hemmagjorda ostmackor till alla hungriga kommunanställda?

Se där en idé till innovativa och drivande företagare...

ÄR DET ROLIGA SLUT NU?

Pensionär

(latin: recessisset)

Pension är ersättning från staten, arbetsgivare, försäkringsbolag
eller fond till den som permanent förlorat en inkomst. Det kan
även vara ersättning efter avslutning av en viss tids för-
troendeuppdrag såsom t ex politiker. De sistnämnda pensionerna
bestäms av politikerna själva och är därför givetvis förmånligare...

ett.

Jaha, nu gäller det bara att få ihop sista kapitlet i livet - pensionen. Att gå i pension är ju enkelt, man låter bara bli att gå till jobb en dag. Ja, förutsättningen är förvisso att arbetsgivaren berättar att du inte får komma mer, men för övrigt är det lätt. Att få *ihop* till pensionen är däremot inte det enklaste.

Men vi börjar med det där med att sluta arbeta, det kan vara lika svårt som att börja. När man slutade skolan ville man inte fortsätta att gå upp på morgnarna längre, tills morsan berättade att när man arbetade fick man pengar.

Idag är det lite annorlunda, dels för att det inte alltid är världens enklaste sak att hitta ett jobb, dels för att unga människor ibland har svårt att hitta motivering till att tjäna pengar.

I vissa fall beror det på att de ända sedan fyraårsåldern haft I-pad, X-box och mobiltelefon som morsan och farsan pröjsat. Detta fortsätter också många med långt efter det att barnen är vuxna. Och utan hyres- och matkostnader försvinner liksom incitamentet till att börja jobba.

Det enda man ska passa sig för är att skaffa barn. Som ni märker kan *det* bli dyrt!

För diskussionens skull utgår vi i alla fall från att du så småningom får ett jobb. Har du tur - som morsan alltid sa - får du jobb inom kommunen, för det är "säkert och bra".

Och efter en lång och framgångsrik karriär kommer det en dag (den kommer plötsligt, jag lovar!) då det är dags att gå i pension. Har du då haft en hyfsat bra lön under din långa karriär kommer du så klart också att få en hyfsad pension. Eller?

Nja... som vi tidigare nämnt har kommunanställda mestadels skitlöner. Är du dessutom kvinna, som många kommunanställda är, har du kanske inte ens arbetat heltid?
(Nej, jag tänker *inte* diskutera den frågan här...)

Här kommer jag osökt in på hur min mormor och morfar fick det när de gick i pension. De var båda hårt arbetande "torgare" på Möllevångstorget i Malmö. Morfar hade stått där i ur och skur, i regn, dimma och drivis, sedan 1930-talet. Han gick i pension efter mer än 55 år som torgare.

När hans första pension kom, satt mormor med hans pensionsutbetalning i handen och var fly förbannad.

"Har du sett? Har du sett en så'n skam! Efter alla dessa år han har slitit så är detta vad han får!" skrek hon.

Jag var tvungen att lugna ner henne och påminna henne om ett par saker. För det första att hans skatteinbetalningar varit minimala i många år och för det andra att alla hans pensionspengar fanns i hans plånbok. En av stans tjockaste för övrigt...

Dom klarade sig ändå hyfsat som pensionärer.

Tänk därför efter före. Att samla ihop till stans tjockaste plånbok är idag näst intill omöjligt om du inte är politiker eller bankdirektör. Glöm därför inte att planera för din pension i tid!

två.

Det är lätt att räkna ut att ditt liv kommer att bli radikalt förändrat från den dagen du blir pensionerad. På jobb pratar man i månader, både med och om dig, innan "den stora dagen".

"Fan vad du har det bra" är det många som säger till dig. "Nu har du bara en månad kvar innan det är dags…"

Själv är du troligtvis så exalterad att du inte riktigt vet vart du ska ta vägen. Hela kroppen spritter av energi och du har antagligen aldrig varit så effektiv under hela din anställningstid som du är sista veckan. Eller så slutade du bry dig efter den senaste löneförhandlingen…

Men innan du slutar måste du ändå gå igenom vissa obligatoriska avskedsceremonier. Vid "tårtceremonin" samlar man en eller ett par blivande pensionärer och åtta till tio chefer och "tackar" de som ska sluta med fika och gräddtårta. Det är ju lite trist för diabetiker, men vem vet, kanske cheferna tycker det är lika trist, eftersom de måste tvinga i sig gräddtårta minst en gång i månaden.

Bland arbetskamraterna finns också färdiga ceremonier. Någon som tycker det är skönt att komma ifrån arbetet en stund, har frivilligt anmält sig att fixa kaffe din sista dag. En annan har skickats ner till stan för att köpa en present till dig för pengarna som arbetskamraterna under stort hemlighetsmakeri samlat ihop.

De generösa har lagt tio kronor och de som inte gillade dig har lagt en femma. Eller tre kronor om dom inte har mer växel. Beloppen är ungefär de samma som på 70-talet. Ja, förutom till chefen när denne slutar. Av någon anledning brukar det då alltid handla om minst en femtiolapp.

Ibland blir det en mindre summa över när presenten är inköpt och då kan det till och med räcka till en färdig bukett från ICA Nära. Skulle det saknas två kronor så har det förekommit att den som varit och handlat själv betalat detta. Dock aldrig utan att högt och ljudligt berättat om utlägget för de andra.

Presenten du får och som du i evinnerliga tider ska ha som minne från din arbetsplats, är oftast i form av en liten ljuslykta för värmeljus. Då gäller det att se överraskad och glad ut.

Vid det här laget brukar någon av de allra

modigaste, ibland åtföljt av ett generat skratt,
högt och tydligt deklarera "Men jösses, vi måste ju fortsätta att träffas! Det är ju inte så att du ska gå och dö!"

Spoiler alert: du *kommer* att dö en dag, men troligtvis utan att ha umgåtts med dina gamla arbetskamrater.

tre.

Många är undrande över hur det ska gå att vara hemma och umgås med hustrun eller mannen från morgon till kväll.

Några nyblivna pensionärer tänker också på hur roligt det ska bli att gå in på sin gamla arbetsplats och sätta sig och fika med sina före detta arbetskamrater, utan att känna pressen att behöva gå tillbaka till arbetet igen när rasten är slut.

Men när dina före detta arbetskolleger inte längre undrar hur det är med dig när du kommer, eller att du upptäcker att du inte känner igen alla längre, då är det dags att släppa taget.

Tänk på att det tar tre till fem dagar innan du är bortglömd på arbetsplatsen. Även om du gått omkring och trott att du är oersättlig, så måste du nu tänka om. Direkt efter att du slutat måste nämligen både dina före detta arbetskamrater och arbetsgivaren ha löst problemet med att du inte längre kommer på morgnarna.

Någon måste också överta dina arbetsuppgifter, såvida det inte är så att de varit så lätta att utföra att du numera är ersatt av en algoritm av något slag.

Ibland brukar kommunala enheter också passa på att göra en "omorganisation" - antingen det behövs eller ej - när någon slutar. På så sätt kan man med lite tur inte bara dra ner på lönekostnaderna utan även lokalkostnaderna.

Hade du eget kontor så slipper din enhet i fortsättningen betala hyra för det. Visserligen går oftast hyresintäkterna till en annan enhet, men kommunala enheter tycks tro att kommunen tjänar på om en annan enhet övertar kostnaderna. Att flyttkostnader, administrativa kostnader och obligatoriska nya kontorsmöbler tillkommer och gör det dyrare, brukar man inte bry sig så mycket om.

Nå, nu är det officiellt fastställt att du gått i pension. De tre första veckorna är som en härlig semester! Du behöver inte gå upp på morgnarna, du kan till och med tycka det är trevligt att sitta framför TV:n och dricka ditt morgonkaffe till nyheter som du såg redan kvällen innan.

Efterhand som veckorna går börjar du bli lite rastlös. När du upptäcker att du redan klockan sju på morgonen står tillsammans med ett gäng likasinnade och väntar på att dom ska öppna på CityGross, då är det dags att göra något radikalt.

"Jaha, du" tänker du kanske. "Skaffa mig en hobby?"

Varför inte?

Eller så kan du gå med i en förening...

fyra.

Svensken är en hängiven föreningsmänniska. Ända sedan ungdomen har vi lärt oss att inte bara vara med i en förening för att spela fotboll, tro på gud eller samla frimärken, utan vi har också blivit uppfostrade till att arbeta "ideellt". Detta mycket för att vara lojala mot alla dem som *så gärna* vill vara med i en förening men inte "har tid" att arbeta ideellt. Du vet... jobbet och ungarna... och mamma är sjuk... henne har jag inte ens haft tid att träffa på flera år.

Vi har lärt oss att betala medlemsavgifter, terminsavgifter och stå för bensinpengar så att andras ungar kan ta sig till bortamatcher.

När du sedan blir pensionär kommer pensionärsföreningarna - som är en förlängd arm av fackföreningarna - och vill att du ska fortsätta vara "lojal", den här gången mot andra gamlingar. Nu upptäcker du dessutom att det faktiskt *är* samma nissar i pensionärsstyrelsen som de som satt i fackföreningen.

Eftersom du nu plötsligt är gammal och

orkeslös, så anser dom också att du behöver någon som - till ett rimligt arvode så klart - kan "tala för dig", ställa krav på politikerna om högre bostadstillägg, gratis bussresor och mer dragspelsmusik i radion.

Under tiden kallar politikerna dig för "fattigpensionär". Att du kallas just "fattigpensionär" beror på att dom vill att du åtminstone ska *tro* att dom tycker det är skandal att det finns pensionärer som är fattiga och att dom - som enda parti så klart! - är på din sida.

I tillgjort arga ordalag skäller dom sedan på de andra partierna om hur svårt våra pensionärer har det! Sedan lovar dom att när dom kommer till makten ska dom minsann se till att alla pensionärer får hundra kronor mer i plånboken! Politikerna inbillar sig nämligen att pensionärer fortfarande tror att en hundralapp är en jättestor peng!
Men du vet själv hur det är... andra saker kommer ofta emellan. Tågtrafik, konsultarvoden och konferensresor.

Alla partier tycker förstås att du som pensionär förtjänar mer i pension, men utgår från att du förstår att deras pension måste komma först! Detta är samma princip som med syrgasmaskerna i ett flygplan. Skulle något hända så ska du alltid ta på din egen mask först, innan du hjälper någon annan.

Själv har jag upptäckt en annan sak man säger om pensionärer. Det sägs att vi alla gillar dragspel och Christer Sjögren! Men jag måste erkänna att när ingen är i närheten, brukar jag tjuvlyssna på Beatles, Robert Broberg och Ozzy i hörlurarna.

Dragspelsmusik och Christer Sjögren?
Nä, tack...

slutord.

Det är kanske några på (eller heter det i?) stadshuset som irriterar sig på historierna i den här boken. Får jag säga det själv så är förstås alla historierna förskönade och de värsta händelserna är borttagna.

Jag har också undvikit - eller åtminstone försökt - att uttrycka några politiska ställningstagande. Vissa händelser är politiska antingen man vill eller ej och tyckande om politiker är ju en annan sak.

Min kommunala karriär tog slut innan pandemin lamslog världen, så jag fick aldrig uppleva möjligheten av att arbeta hemma. Vad jag däremot vet är att det fanns en del anställda som redan innan Covid slog till, tog sig friheten att "arbeta" hemma. Dom verkade trivas på jobbet.

Det är svårt att undvika att kommentera pandemin, speciellt när man själv bestämmer vad det ska stå i texten. Beroende på när man läser detta har man olika minnen av tiden. Den nådde Sverige någon gång under februari 2020 och det är redan nu en helt ny generation på väg som slapp uppleva det värsta eländet. Vi hoppas de slipper få vara med om det också.

Det var en märklig tid på många sätt, inte minst med tanke på att ingen ens brydde sig om vad det var för väder, det som alltid varit så viktigt för oss svenskar. Men nu spelade det ingen roll, eftersom vi ändå inte skulle gå någonstans.

Krogarna fick inte ha öppet hur de ville och den sociala samvaron fick stryka på foten. Allra värst (enligt TV4) var det så klart i Stockholm. Där kablades det ut bilder på förtvivlade ungdomar med huvudena tätt ihop, gråtandes för att de inte fick komma in och dansa och snörvla ner varandra. Gärna då med en drink i handen, serverad i en gammal syltburk.

På Systembolaget fanns det gratis handsprit och personalen verkade med rätta måttligt trötta på skämten som uppstod.

Några av historierna i den här boken har hunnit få ett par år på nacken, men under pandemin fick man plötsligt tid över att komplettera och skriva några nya.

Oavsett vad du tycker om dem så hoppas

jag i alla fall att du betalat för boken. Det känns liksom onödigt att ägna tid åt att skriva och redigera, lägga pengar på datorutrustning och tryckkostnader, för att sedan upptäcka att ingen fan vill betala. Då hade man ju inte behövt extraknäcka som författare, det hade gått lika bra att fortsätta vara vanlig fattigpensionär.

"Djävla samhälle", som enhetschefen sa.

Sigvard T Olsson

om författaren.

Tommy är född 1952 i Malmö och flyttade till Landskrona 1976. Sedan flytten har han jobbat med bland annat reklam- och marknadsföring och som frilansjournalist. Förutom skrivandet har han under mer än 50 år ägnat sig åt ideellt föreningsarbete. Allt från Skånes Handikappidrottsförbund, via ishockey till ordförande i Landskrona Riksteaterförening. I den sistnämnda skapade han Skånes mest framgångsrika förening som på sex år gick från 129 till över 1 100 medlemmar.

För detta mottog han Malmö Operas "ThaliaOscar" och en fjärdeplats i TV4:s final av "Eldsjälsgalan". Han har också fått *Honorary Life Membership* i Rush Musical Society i Irland för sitt mångåriga samarbete med dessa.

I boken Stadshuset har han skrivit ett antal noveller baserade på sina egna och andras upplevelser i kommunens hägn…

Pseudonymen Sigvard T Olsson är egentligen bara en omflyttning av förnamnen. Han är döpt till Kent Sigvard Tommy.

Tidigare utgivna böcker
2016 Utsålt!
2021 13 dagar

Kontakt kan fås via e-post kst.olsson@gmail.com